그래서

좋은 사람을

기록합니다

김예슬 지음

이제 몇 개월 뒤면 제가 심리상담사로 일한 지 꼬박 10년이 되네요. 이 책은 제가 내담자와 상담을 마무리하며 그동안 서로 나누었던 것들에 대해 이야기를 하다 시작되었습니다. 그동안 너무 감사했다는 이야기, 이게 다 Y씨의 노력 덕분이라는 것, 앞으로의 계획은 어떤지와 같은 이야기를 나누다 문득 내담자가 제게 물었습니다.

"상담하는 거 힘들지 않으세요?"
"자주 힘들고 아주 가끔 엄청 보람 있어요."
"이 일은 왜 하게 되신 거예요?"
"민망해서 어디 가서 이야기 잘 안 하는데 오늘이 마지막 시간이니까 말해줄게요. 세상에 이런저런 일로 힘든 사람들이 너무 많은 거예요. 그러다 문득 제가 만나는 사람들이 조금 더 편안하고 행복해지면 좋겠다고 생각했어요. 그러면 그들이 주변인을 돌볼 테고 이게 쌓이다 보면 결국엔 세상이 지금보다는 더 좋아지지 않을까 싶었거든요. 그렇게 시작하게 된 건데 쉽지는 않네요."

"세상이 얼마나 변할지는 모르겠지만 적어도 제가 사는 세상은 선생님 덕분에 많이 변했어요."

마지막 그의 말을 듣는 순간 하마터면 눈물이 왈칵 쏟아질 뻔했습니다. 그즈음 매너리즘에 빠져 있던 제 뒤통수를 얼얼하게 하는 말이었달까요. 다행히 울지는 않았습니다. 오히려 제가 그분께 너무 과분한 선물을 받았죠. 직업인으로서의 책임감을 조금 더 가져야겠다고 다짐하는 계기가 되었으니까요.

그러고 보니 저는 참 많은 걸 받으며 자랐습니다. 제가 이렇게 적당하고도 어엿한 사회구성원이 되어 제 밥벌이는 하는 사람으로 성장하게 된 것은 분명 많은 사람의 애정과 보살핌 덕분이었습니다. 그래서 제가 만난 좋은 어른들과 나눴던 적절한 위로, 가벼운 지혜 같은 것들을 필요로 할지 모르는 누군가와 함께 나누고 싶어 이 글을 쓰게 되었습니다. 이 책은 제가 심리상담 일을 하면서 만난 사람들 그리고 제 일상적인 공간에서 한 개인으로서의 정체성을 갖게 해준 사람들과 주고받은 것들에 대한 기록입니다.

이 책을 준비하며 때로는 이렇게 부족하고 서툰 글이 세상 밖으로 나와도 되는지 머리를 쥐어뜯으며 고민하기도 했습니다. 그런데 2022년 어느 날, 한 나라는 전쟁을 일으켰고 세상은 여전히 말도 안 되게 차갑고 고통스러운 일로 가득하다는 사실에 용기를 내보기로 했습니다. 검정 잉크를 열댓 방울 탄 거무튀튀한 물 같은 세상에서 잘 살아내기 위해선 더 많은 사람이 맑은 물을 퍼다 나르는 수밖에 없다고 믿고 있습니다. 좋은 어른, 좋은 글, 좋은 음식과 음악 등 세상엔 더 많은 '좋은 것'들이 쏟아져 나와야 할 것 같습니다. 좋은 기억을 지어다 먹으며 서로를 보듬고 보살필 수 있게 되면 좋겠습니다. 저에게 위로가 되었던 날들에 관한 이야기이니 누군가에게 가 닿을 때 잠시나마 그의 곁을 지키는 글이 되었으면 하는 마음입니다.

목
차

좋은 기억을 지어다 먹으며

서로를 보듬고 보살필 수 있게 되었으면 좋겠습니다

선입견을 경계하라,
N과의 기록

지금으로부터 6년 전 청소년 상담 기관에서 근무하던 시기였다. 그곳은 9세부터 24세까지의 청소년을 대상으로 무료 심리 상담을 제공하는 공공기관이었는데 본인이 자발적으로 상담을 신청하여 방문한 청소년들도 다수 있었지만, 대부분은 누군가에 의해서 상담에 '끌려온' 비자발적인 아이들이었다. 학교 담임 선생님에 의해 기관으로 의뢰되거나 부모님에 의해 상담이 요청되는 경우가 많았다. 또 한 가지 특이한 경우는 소년범의 재범 방지를 위해 청소년 상담 전문기관과 연계하여 진행되는 선도 프로그램인 사례들도 있었다. 이 중 가장 골치 아픈 상담은 마지막 경우인데 그 이유는 폭력, 절도, 사기, 공갈 등을 사유로 센터로 넘어온 청소년 중에는 '내가 정말 잘못했으니 앞으론 다신 그러지 말아야지.' 하며 깊이 반성하는 아이가 당연하게도 거의 없기 때문이다.

보통의 경우는 상담실 의자에 거의 눕다시피 앉아서 핸드폰을 하거나, 사탕을 집어 먹거나 농담 따먹기를 시작한다. 그게 아니라면 본인이 억울한 이유에 대해 끊임없이 말을 이어가거나 짜증 혹은 화를 내곤 한다. 아, 유형을 하나 더 추가해 보자면 단답형으로 '대답만' 하거나, 멍을 때리거나 아예 입을 다물어 버리는 경우도 있다.

몇 년째 그런 아이들을 만나다 보니 나도 나름의 요령이 생겼고 요령이 쌓이니 웬만한 아이들은 큰 무리 없이 상담에 참여시킬 수 있었다. 그러던 어느 날 나는 꽤 어려운 사례를 마주해야 했다. 나에게 배정된 내담자는 장애가 있는 같은 반 친구에게 폭력을 행사한 아이였다. 비장애인을 괴롭히고 때리는 것도 잘못되었는데 하물며 배려가 필요한 친구를 다치게 한 이 사건을 보니 순간 짜증이 났다. 객관성을 유지해야 하는 상담자의 윤리적 태도가 무너진 순간임을 인정하지 않을 수 없었다. 그래서 그 사례를 더 경험 많은 선배에게 부탁하려 했으나 여러 가지 상황이 여의잖아 결국 내가 맡게 되었다.

그 아이의 이름은 N이었다.
N은 나름대로 자부심이 있었던 나의 비행 청소년 상담경력에
큰 좌절감을 안겨주었다.

첫 만남,

"안녕? 선생님은 앞으로 너랑 상담하게 된 상담 선생님이야.
반가워!"

침묵

착한 선생님 버전 실패.

"너 여기 안 왔으면 한창 재밌게 게임하고 놀 시간인데 여기 와
야 해서 엄청 짜증 났겠는데?"

침묵

공감대 형성 실패.

"쌤 너 혼내거나 탓하려고 이 시간 만든 거 아니야. 그냥 네 이야기를 들어보고 싶은 거야."

침묵

살살 달래기 기술 실패.

"지금은 말하고 싶지 않은가 보구나. 네가 말하고 싶을 때까지 선생님도 기다릴게. 언제든지 준비가 되면 이야기해 줘."

침묵

그렇게 30분을 기다렸으나 N은 미동조차 없었다. 책상 위로 보이는 나의 상체는 온화한 표정을 유지하였으나 책상 밑의 발은 격하게 흔들리며 빠른 비트로 박자를 쪼개고 있었다.

최후의 보루 실패.

이럴 리가 없는데? 나는 심히 당황했다. 마지막 4단계 안에 입을 열지 않는 아이들은 거의 없었기 때문이었다. 특히 관계 형성이 생각만큼 안 된다고 생각하는 경우에도 점점 마음을 열어가는 변화의 과정은 있었기에, 전혀 미동조차 없는 이 상황이 낯설고 초조하게 느껴졌다. 한편으로는 슬슬 열이 받기도 했다. '뭘 잘했다고 여기 와서까지 저렇게 버팅기고 있는지. 어지간히 뿔이 나셨나 보네. 근데 그 짜증을 왜 내가 받고 있어야 하는 거야?' 와 같은 생각이 들었다. 그런 감정들에 더 크게 휘말리기 전에 상담을 중단해야겠다는 생각이 들어 1회기를 마무리하고 다음 주 상담 일정을 잡았다. 한 주간 많은 생각을 했고 수퍼바이저에게 조언을 구했다. 내담자의 입을 통해 무언가를 듣기 전까진 '아무것도 알지 못함'의 자세를 유지하고 충분한 시간을 주라는 이야기가 돌아왔다. 두 번째 만났을 때, 처음으로 돌아가서 다시 시작했다. 간단한 인사말을 나누고 오늘도 준비가 될 때까지 기다리고 있겠다고 했다. 40분 정도 지났을 무렵 N은 갑자기 닭똥 같은 눈물을 소리 한마디 내지 않고 뚝뚝 흘려대기 시작했다. 10분을 그렇게 울더니 그렇게 또 집에 갔다. 이게 맞는 걸까, 복잡한 생각들이 이어졌고 우리는 세 번째 상담을 이어갔다. 10분 정도 지났을 무렵 N이 드디어 첫 마디를 내뱉었다.

"제가 이야기해도 어차피 제 말 안 믿으실 거잖아요."

목소리를 들었다는 기쁨은 온데간데없고 마음을 누가 빨래 짜 듯 비트는 것처럼 숨이 막혀왔다. 어질어질했다. N은 결국 아무 도 자신의 말을 믿어주지 않을 것이라는 생각에 마음을 다친 어 린아이였을 뿐이었다.

알고 보니 상황은 이랬다. 장애가 있는 반 친구가 N의 부모님 과 관련된 차마 입에 담을 수 없을 정도의 욕을 몇 차례나 반복하 였고 N은 그때마다 말로 경고하였으나 욕은 며칠간 지속적으로 이어졌다. 사건이 일어난 당일은 N이 또 반복되는 욕을 듣고 화 를 참을 수 없어 가방에 달고 다니던 인형을 집어던졌는데 그 친 구가 그걸 맞고 담임 선생님께 알려 일이 이렇게 진행됐다고 했 다. 담임 선생님을 비롯한 어른들은 N을 '장애가 있는 친구를 괴 롭힌 못된 아이'라고 생각하며 그 상대 친구를 보호하기에 급급 했다고 했다. 상대가 소위 말하는 '사회적 약자'이기 때문에. N은 수도 없이 여러 번 억울함을 호소했으나 누구도 들어주는 이 없 어 지쳤고 결국, 마음의 문을 닫은 것이다.

모두가 등을 돌려도 마지막까지 내담자의 이야기를 들어야 하는 내가 이런 선입견을 가지고 있었다는 생각에 얼굴이 달아올랐고 창피했다. 윤리적인 기준을 지켜야 하는 직업적인 장면에서도 이런 지레짐작을 남발하는 내가 일상적인 장면에서는 또 얼마나 많은 오해들을 하고 있었을지 생각하니 아득해졌다. 그것은 내가 살고 싶었던 방식이 아니었다. 그래서 이 사례를 상담했던 것을 계기로 '보이는 것은 다가 아니다'라는 진부하지만, 진리인 사실을 명심하고 마음에 새겼다. 물론 늘 성공하는 것은 아니지만 열 번 중에 일곱 번은 어렵게 지켜내는 중요한 신념이 되었다. 사실, 더 솔직히 말하자면 이와 같은 마음가짐은 내 편견이나 선입견으로 인해 상처받을 상대를 위한 배려가 아니라 나를 위한 것이다. 선입견으로 인한 내 지레짐작이 틀렸을 때 내가 느낄 창피함을 스스로 감당해낼 자신이 없어서. 나는 여전히 조금은 이기적인 어른으로 살아가고 있다.

*내담자 보호를 위해 많은 부분 각색이 들어갔음을 알립니다.

"제가 이야기해도 어차피 제 말 안 믿으실 거잖아요."

"...지금까지 사람들이 네 얘기를 믿지 않았다는 이야기를 들었네.

그래서 선생님한테도 말하기 싫었나 보다. 미안해.

선생님이 그 마음 몰라줘서…."

"저도 많이 참았는데 사람들이 자꾸 저한테만 잘못했다고 하니까…."

"그래서 화가 났구나. 속상하기도 하고 엄청 억울하기도 했겠다.

선생님이 지금부터는 네 이야기 정말 귀 기울여서 잘 들어볼게.

약속해."

선입견을 경계하라, N과의 기록

감탄의 여왕,
S와의 기록

　내가 아는 30대 중에 가장 지혜롭고 강한 통찰력을 가진 한 사람에 대한 이야기를 해보려 한다. S언니는 자유분방하지만 성실하기도 해서 회사 일이 지겹다고 숨 쉬듯 말하면서도 본인의 업무역량을 높이기 위해 주말까지 스터디를 다니는 아이러니하고 재밌는 사람이다. 전화 통화를 한 번씩 하면 8할이 장난이고 농담인데 그게 또 어찌나 웃긴지 매번 입 밖으로 소리 내 박장대소한다. 지금도 귓가에 목소리가 맴도는 것 같다. 하지만 상대가 진지한 이야기를 할 때면 갑자기 180도 분위기가 바뀐다. 적당한 분위기를 세팅해서 있는 말, 없는 말까지도 하게 만드는 재주가 있다. 그래서 나는 늘 언니에게는 불편하고 창피한 개인적인 고민까지도 털어놓는 편이다.

이렇게 많은 매력이 있는 사람이지만 그중 단연코 제일인 능력은 '무언가를 받는 능력'이다. 언니에게 무언가를 줬을 때 언니는 주는 사람을 한 번도 실망하게 한 적이 없다. 조금 이상한 말이지만 말이다. 예를 들면 이렇다. 몇 달 전 캠핑을 한 번도 해본 적 없다던 언니를 데리고 캠핑을 하러 간 적이 있었다. 내가 대단한 장비를 갖춘 캠퍼도 아니었고 나 또한 캠핑을 시작한 지 얼마 되지 않았기에 버벅거리고 부족한 부분이 많았음에도 언니는 나에게 끊임없이 감탄사를 선물했다.

"우와! 이거 너무 재밌어! 너 여기 어떻게 안거야? 고생했다 정말! 나 이런 대접 받아도 되는 거야? 너무 감동이야 진짜!"

이처럼 언니는 순식간에 주는 사람을 대단한 일을 하는 사람으로 만들어버린다. 온 얼굴 근육을 다해 표현하기 때문에 그 말의 진심을 의심할 여지도 생기지 않는다.

또 몇 주 전 금요일에는 퇴근하고 만나서 차나 한잔하자고 하길래 언니를 야경이 끝내주는 내 비밀장소에 납치하듯 데려갔다. 꼬마김밥을 하나 사고 뜨거운 물을 가득 담은 보온병과 작은 컵라면, 텀블러와 얼그레이 티백, 담요를 챙겼다. 그것들을 챙기는 내내 언니가 얼마나 좋아할까 하는 생각에 내가 다 행복했다. 역시나 기대를 저버리지 않는 언니의 리액션. 별, 야경의 불빛, 바람이 가득 메운 우리밖에 없던 그 공간에서 언니는 "나 너무 행복해!!!!!!!!"하며 연신 소리를 질렀고 그걸 보는 나는 마음이 가득 찼다. 그러나 언니는 여기서 그치지 않았다. 죽기 전에 지나온 시간이 주마등처럼 스쳐 지나갈 때 오늘 이 장면이 포함될 것 같다고 했다. 쓰고 보니 무슨 워맨스 드라마에나 나올 것 같은 대사라는 생각도 들지만, 언니는 그런 말들을 전혀 오그라들지 않게 하는 재주가 있다. 그래서 그 말을 듣는 사람도 기꺼이 청춘드라마 주인공이 되게 하는 사람. 언니를 보며 생각한다. 작은 것에 쉬이 감탄하는 삶은 인생을 더 풍요롭게 만들어준다는 것을. 사랑스러운 언니를 보며 나도 몰래 언니의 감탄사를 따라 연습해본다. "우와!!! 나도 진짜 행복해!!!"

"언니, 다음 주 주말에 뭐해요?"

"왜, 어디 가게?"

"그냥 가까운 곳으로 드라이브나 가자구요."

"뭐어~?? 너어어무 멋지다. 예슬아. 벌써부터 설레서 어떡해?

나 지금부터 준비하면 되는 거야?"

감탄의 여왕, S와의 기록

나를 구한 어른들1
K선생님과의 기록

　돌이켜보면 내 인생에는 위기의 순간마다 나를 구해준 어른이 참 많이 등장했다. 초등학교 때 나는 가야금을 배웠었는데 그 소리를 정말 좋아했다. 물론, 또래의 아이들이 하지 않는 특이한 무언가를 한다는 것에서 꽤나 자부심을 느끼기도 했고. 여하튼 이러한 이유로 평생 가야금을 연주하는 사람으로 살아볼까 하는 고민을 꽤 오랫동안 하기도 했다. 그렇게 마냥 즐거운 꼬마 국악인 생활을 하던 중 중요한 대회에 나갈 기회가 생겼고, 그 준비를 위해 여름방학 내내 당시 대학생이었던 선생님의 학교 연습실에 출석하며 종일 연습을 했다. 지금도 그 기억을 떠올리면 가슴이 답답한 나머지 뛰쳐나가고 싶은 생각이 드는 걸 보니, 그 어린 날의 내가 어지간히 힘들긴 했었나 보다. 선생님은 "네가 정신이 없고 실수하더라도 무의식적으로 손이 움직일 수 있을 만큼 연습해야 한다."고 하셨고 그런 선생님께 나는 "자다가도 누가 건드리면 연주하겠다 싶을 만큼 완벽하게 준비했다."라며 당당하게 대답했다.

드디어 대회 당일. 분명 아침까지만 해도 아무렇지 않았는데 쪽 찐 머리에 한복까지 입고 대회장에 가려니 이상하게도 미친 듯이 떨리기 시작했다. 내 앞 전전 무대가 끝나고, 전 무대가 끝나고, 드디어 내 차례가 되어 겨우 올라가 연주를 시작했다. 손이 사시나무 떨리듯 떨렸지만 다행히도 처음 몇 소절은 손에 익은 부분이어서 그럭저럭 잘 이어갔다. 문제는 그 이후였다. 도입 부분이 마무리되고 다음 장이 시작되는 지점에서 갑자기 머릿속이 전구가 나간 것처럼 아득해지고 눈앞이 깜깜해졌다. '띠링- 띵-' 다음으로 붙어야 할 음이 도통 나오질 않았다. 티 나지 않게 이어가야 했다. 작게 심호흡을 했다. '띠링- 띵-' 역시나 다음 음은 나오질 않았다. 짧은 순간에 오만 삼천 가지 생각을 했다. 선택해야 했다. 멈추고 울든지, 다시 한번 도전하든지. 멈출

수는 없었다. 할 수 있는 걸 해야 했다. 선생님의 말씀이 생각났다. '몸이 자연스럽게 움직이도록 해야 해.' 마음을 다 비우고 아무 일도 없었다는 듯 다시 하면 될 것도 같았다. '띠링- 띵---.' 기적은 일어나지 않았다. 이전과 다른 게 있다면 곧바로 뒤에 '땡'하는 작은 종소리가 붙었다는 것. 저 작은 종소리가 마치 '많이 기다려 준 거 알고 있지?'라고 말하고 있는 것 같았다. 너무나, 너무나! 쪽팔렸다. 그렇게 열심히 해놓고 곡을 완성해보기는커녕 클라이막스에 들어가기도 전에 버벅대다가 땡 소리에 떨어지는 꼴이라니. 한심했다.

곧바로 뒤돌아 나와 도망치듯 대회장에서 빠져나왔다. 그리곤 엄마와 선생님과 함께 밥을 먹으러 갔다. 돈가스집이었던가…. 선생님은 세상의 온갖 시름을 다 짊어진 초딩에게 돈가스를 건네며 "아쉽지? 그치만 잘했어. 처음 해 본 거잖아. 사람은 누구나 다 실수해 그치? 처음치고 진짜 잘한 거야. 다음엔 더 잘할 것 같은데?"라고 말씀하셨다. 아무리 내가 초딩이래도 처음치고 잘한 게 아니란 것쯤은 알았다. 그래도 좋았다. 내가 나를 미워했던 마음이 조금은 풀렸으니까. 무엇보다 실수 좀 해도 세상은 끝나지 않는다는 것은 알게 되었으니 말이다. 선생님께서 건넨 한마디 덕분에 나는 무언가를 주저하지 않고 도전할 수 있는 사람으로 자랄 수 있었다. 이 글을 통해 실수에 대한 유연함을 지켜 준 어른, K선생님께 감사의 마음을 전하고 싶다.

정신적 유산,
엄마와의 기록

　우리 엄마는 본인이 음식을 잘한다는 사실을 너무 잘 알고 있는 사람이다. 손수 간장이나 된장 같은 양념을 만들어서 사용하는 유기농 추종자란 사실은 우리 가족이나 친지 그리고 내 친구들까지 모두 익히 잘 알고 있다. 엄마는 참 재밌다. 간을 봐보라고 해서 한 입 먹고 나서 딱 좋다고 하면 "뭐가 그래 싱겁구만."하면서 간장을 좀 더 넣고, 좀 짠 것 같다고 하면 "원래 이 정도는 넣는 거야."라고 하면서 딱 맞는 간이라고 한다. 이럴 거면 내 간 보는 시간이 왜 필요한지 모르겠다. 그래도 어떤 때는 참 대단하다고 생각한다. 엄마의 절대적인 기준안에서 마에스트로처럼 자유롭게 지휘하는 부엌이라는 엄마의 세계를 보고 있자면 새삼 감탄스럽기도 하니 말이다.

언젠가 식탁 위가 전부 잔디 구장처럼 초록색 나물로 뒤덮인 날이 있었는데 나와 남동생의 당황스러운 표정과 소극적인 젓가락질을 본 엄마는 나물이 제일 품이 많이 드는 반찬인데 왜 이렇게 안 먹냐며 속상해했다. 웬만큼 먹어서는 엄마를 만족시킬 수 없기에 최선을 다해 나물 전쟁에 참전하던 중 엄마가 뜻밖의 이야기를 꺼냈다.

"뭐든지 사서 하면 편해야. 조미료 좀 사다가 한 두 방울 넣으면 얼마나 그럴듯한 맛이 나는데. 그런데도 집에서 나물 다듬고 육수 내고 맛간장 만들어가면서 사서 고생하는 건 우리 가족들 좋은 것만 먹이겠다는 신념, 일평생 그걸로 살아와서 그래. 엄마는 어렸을 때부터 몸이 약해서 자주 앓았더니 아플 때마다 힘들고 짜증이 나서 속상하드라고. 그래서 뭣이든지 건강하게 먹고 건강한 몸이 있어야 세상을 아름답게 볼 수 있는 거야. 내가 너네한테 남겨줄 유산은 돈도 아니고 뭣도 아니고 딱 그거 하나뿐이니까 잘 기억해."

엄마의 큰 사랑이 마음에 닿아 찌릿거렸다. 엄마는 나와 동생이 어렸을 때부터 밥벌이하는 성인이 된 지금까지 늘 밥을 지으며 같은 바람을 하고 있었다. 우리가 조금 더 세상을 아름답게 바라보며 살길 바라고 있었던 것이다. 내가 사람들에게서 좋은 점을 잘 찾는 것도, 따뜻한 날씨와 때마침 피어난 새싹 같은 사소한 것에 자주 행복해지는 것도, 짜증 나는 일이 있으면 한바탕 먹거나 자면 언제 그랬냐는 듯 회복하는 것도 다 엄마의 공기 같은 사랑 덕분이었다고 생각하니 눈물이 찔끔 나왔다. 엄마의 따스한 신념이 푸릇하게 담긴 밥상 덕에 나는 매일 좀 더 나은 어른으로 자라고 있다.

잊지 않았으면 해서 남기는,
나에 대한 기록

한 드라마에 이런 장면이 있었다. 쇼윈도에 걸린 고급스러워 보이는 가방 앞에서 고뇌하는 주인공의 모습. 그리고는 이런 대사가 따라붙었다.

"나 그동안 진짜 열심히 살았잖아. 이 정도는 나 자신에게 줄 수 있는 선물 아냐?"

고민하며 머리를 쥐어뜯는 그녀의 모습이 애처로워 보이기까지 한다. 이것은 가방에만 국한된 일이 아니다. 우리는 종종 스스로에게 선물하는 것, 스스로를 돌보는 것에 너무도 인색하니까.

상담하며 만나는 사람들이 자주 하는 말 중 하나가 바로 "나를 돌보는 게 뭐예요? 어떻게 하는 건데요?"이다. 타인의 눈치를 살피느라 정작 자신의 기분은 살피지 않는 것. 다른 사람의 이유 없는 공격적 비난에 방어하지 않고 책임을 자신에게 두는 것. 부정적인 감정에 빠져 기본적인 생활패턴을 깨는 것에 익숙해진 사람들은 '원래 그렇게 살아왔던 것'에 익숙해서 그러려니 하며 하루하루를 살아간다.

인생엔 변수가 너무나 많다. 혼란스러운 삶 속에서 유일하게 변치 않는 진리는 내 인생 마지막 순간까지 가장 가까운 곳에서 나를 지키는 사람은 바로 '나 자신'이라는 것이다. 물리적이고 환경적인 보호 요인이 없어도 스스로를 지킬 수 있으려면 마음이 건강해야 한다. 자신에게 기쁜 일이 생기거나 절망스러운 일이 생겼을 때 스스로를 진심으로 축하하고 있는 힘껏 위로할 수 있어야 한다. 그렇게 홀로 바르게 설 수 있을 때야 비로소 마음에 여유란 게 생기고, 그 공간에 더 좋은 것들을 채울 수 있게 된다.

그렇다면 나를 돌본다는 건 무엇을 말하는 걸까.
충분한 수면
건강한 식사

몸을 돌보는 운동과 마음을 돌보는 활동

어쩌면 당연한 것들이지만 이를 지켜나가는 것이 보통 일은 아니다. 그래서 꾸준한 연습이 필요하다.

20대 중반의 어느 날, 영원할 것 같았던 연애가 끝이 나고 적잖은 충격에 휩싸여 매일 인생의 덧없음에 대해 이야기하던 시기가 있었다. 엄청난 무기력감에 빠졌고 정말 아무것도 하지 않음의 상태로 몇 개월을 흘려보냈다. 그러던 어느 날 내가 아닌 다른 어떤 이로 인해 내 인생이 주인공의 자리를 빼앗긴 채 의도치 않게 흘러가고 있다는 것에 화가 났다. 다시 오지 않을 이 젊고 예쁜 날들이 무의미하게 지나가고 있는 것이 억울하기도 했다. 그날 바로 회사 근처에 있는 PT샵에 거금을 주고 회원등록을 했고 트레이너 선생님이 꼼꼼하게 작성해주신 식단표를 들고 집으로 돌아왔다. 그 후로 100일간 운동을 빠지거나 식단을 어긴 적은 단 한 번도 없었다. 운동과 식단을 병행하니 자연스럽게 건강이 좋아졌고 건강이 좋아지면서 우울감도 사라졌다. 하지만 이보다 더 좋았던 건 따로 있었다. 바로, 내가 나를 귀한 사람이라 여기고 있다는 것이었다. 내 건강을 지키기 위해서 매일 운동하고 신선한 채소를 준비해 먹는 과정에서 스스로를 대접하고 있는 느낌이 들었기 때문이다. 이 사실은 꽤나 나를 행복하게 했다.

　운동이 끝날 때쯤엔 퍼스널 컬러 과정을 등록해 나에게 가장 잘 어울리는 색을 입혔고 시간이 날 때마다 꾸준히 책을 읽으며 마음에 햇볕을 쐬어주었다. 주말 중 하루는 충분히 잘 수 있는 시간을 마련했고, 온라인 클래스를 통해 배우게 된 그림을 가끔 그리기도 했다. 지금도 크게 달라진 건 없다. 하나의 활동을 꾸준히 하는 스타일은 아니어서 취미나 운동이 자주 바뀌긴 하지만 그래도 늘 무언가를 한다. 요즘엔 요가를 하고 있고 명상 수련 수업을 듣고 있으며, 주말마다 맛있는 치아바타를 팬에 구워 먹는다. 소소한 행복들이 쌓여간다. 나를 돌보는 일, 아직도 꾸준히 연습하는 중이다.

신박한 생일 축하 법,
아빠와의 기록

가장 기억에 남는 생일 축하 메시지로는 이런 게 있다. 스물여 덟 가을의 생일날이 끝나갈 저녁 무렵, 아빠에게 메시지가 왔다.

[딸! 아빠 딸로 태어난 거 축하해!]

주의를 집중하지 않으면 자연스럽게 넘어가게 되는 이 묘한 한 문장을 다시 한번 집중해서 읽어보자. 아니, 보통은 '딸! 생일 축 하해!'라든지 '아빠 딸로 태어나줘서 고마워!' 같은 그런 메시지 를 남기지 않나? 아빠 딸로 태어난 걸 축하한다니……. 나 뭐 복 권이라도 당첨된 건가 싶었지만 한참 그 문장을 들여다보고 있자니 '그래, 엄마 아빠 밑에서 자라 내가 이만큼이나 잘 자랐지 뭐.' 하는 생각이 들었다. 오묘한 자부심 같은 게 스멀스멀 차올랐다.

삶을 대하는 애티튜드는 아빠를 통해 체득된 것이 많다. 내가 기억하는 것만 해도 아빠는 8개의 사업을 펼쳤다가 접었고 현재는 9번째 사업에 잘 정착하여 자리를 잡았다. 아빠는 하나에 꽂히면 어떻게든 시작하고, 셀 수 없이 많은 실패와 역경이 닥쳐도 절대 고꾸라지지 않는 사람이다. 연속된 사업 실패의 당연한 결괏값으로 꽤나 고통스러운 가난이 우리 가족에게 찾아온 순간에도 절대 농담을 잃지 않았던 아빠의 모습이 여전히 나에게 또렷한 기억으로 남아있다. 우리 가족에게 결코 아름다웠던 순간만 있는 건 아닌데도 그 농담 하나하나로 우리 가족은 '아, 우리 앞으로 괜찮아지겠구나, 더 나아질 수도 있겠구나.' 하는 희망을 품었고, 사태의 심각성을 조금 가볍게 덜고 앞으로 나아가는 에너지를 얻곤 했다.

어렸을 땐 내가 아빠의 어떤 점들을 닮았다는 이야기에 크게 동의하지 않았으나 서른을 넘긴 어느 시점이 되니 정말 영락없는 아빠 딸이구나 싶다. 이러한 애티튜드들은 내가 학창 시절 따돌림을 당했을 때, 가장 친한 친구와 피 터지게 싸웠을 때, 영혼을

갈아 넣었던 대학원 생활 중에 세상 영원할 것 같았던 사랑이 나를 떠났을 때, 그 어떤 상황에서도 나를 지켜주었다. 심지어 유럽 여행 중에 한국 돈으로 80만 원 정도 되는 돈을 눈 앞에서 소매치기당했을 때도 "와, 이 정도 실력이면 소매 전문가 1급 정도는 가지고 있을 거 같은데."라며 농담하곤 했다. 물론 그 돈이 없어도 상관없었기 때문이 아니다. 이틀 걸러 한 끼씩 겨우 제대로 된 식사를 하는 가난한 배낭여행자였으나 나는 잃은 돈보다 남은 여행이 더 중요하다는 사실을 잊지 않았다. 늘 그렇듯 훌훌 털어버리기 위한 한마디의 농담은 앞으로 나아갈 힘이 되어주곤 했다.

청소년 상담 기관에서 근무했을 때, 워킹맘인 학부모 상담을 종종 하곤 했는데 아이가 어릴 때부터 일을 시작해서 아이에게 더 많은 관심과 사랑을 주지 못했고, 그 때문에 아이가 이렇게 된 것 같다며 죄책감에 눈물을 보이는 어머니들을 참 많이 봤다. 그럴 때마다 늘 했던 이야기가 있다. 어머니께서 행복한 상태인 게 중요하다고. 밖에서 일하든, 안에서 살림하든 양육자는 건강하고 행복한 상태를 유지하기 위해 노력하며 자기 자신을 돌볼 줄 알아야 한다고 말이다. 그래야 자녀를 더 잘 보살필 수 있고 자녀는 그러한 부모의 뒷모습을 보며 자라기 때문에. 나 또한 그랬다.

생이 어차피 끝없이 이어지는 고난의 연속이라면 어떠한 태도로 그러한 고난을 맞이할 것인가는 매우 중요한 부분이라고 생각한다.

　그런 의미에서 나는 아빠에게서 엄청나게 멋진 아이템을 받았으니 기꺼이 축하받아 마땅한 것 같다.

한 겨울에 배운 프로의 자세,
붕어빵 아저씨와의 기록

얼마 전 '본업천재'라는 말을 들었다. '프로페셔널하다'와 비슷한 말이겠지만 이 단어는 훨씬 직관적으로 와 닿는 흥미로운 단어인 듯하다. 평소에는 좀 맹하고 순둥한 사람이 자기 본업을 능숙하게 해내는 반전을 보일 때 호감도가 급상승한다는 건 좀 진부한 클리셰이긴 하지만 여전히 분명하게 어필이 되는 매력적인 포인트이다.

본업 이야기를 하다 보니 올해 초 겨울에 있었던 일이 생각난다. 그날따라 날이 너무 추웠고 나는 붕어빵이 정말 먹고 싶었다. 검색까지 해가며 찾아간 붕어빵 점포. 근처에 주차하고 나니 주차 단속을 하는 카메라가 보였다. 얼른 사서 돌아와야겠다는 생각에 뛰어 들어간 점포엔 이미 만들어진 붕어빵 여섯 마리가 대기하고 있었다. 마침 잘됐다는 생각에 급히 여섯 마리를 주문했다. 붕어빵 먹으려고 멀리서 왔다는 말을 사장님께 전하니 사장님은 빙그레 웃으시며 묵묵히 붕어빵을 계속 구우셨다. 살짝 초조해진 나는 "사장님, 제가 차를 요 앞에 댔는데 얼른 가봐야 할 것 같아서요. 그냥 이거 주셔도 돼요."라고 말했고, 사장님은 나지막이 "10분 동안은 안 찍어. 멀리서 왔는데 따뜻한 거 먹어야지. 무조건 10분 안에 차에 타게 해줄게요." 하셨다. 확신에 찬 사장님의 목소리는 내게 신뢰감을 주기에 충분했기에 나는 기꺼이 기다렸다. 기다림 끝에 드디어 새 붕어빵이 등장하였는데 세상에 이럴 수가. 한쪽 면이 꽤나 어두운 갈색빛을 띠며 탄 상태였다. 절망스러웠다. 못 먹을 정도는 아닌 것 같았으나 가져가기에도 영 찝찝하다는 생각을 속으로 하고 있는데 사장님께서 "에이, 이런 건 손님한테 나가면 못써. 내가 마음이 급해서 불 조절을 잘 못 했나 봐." 하시며 탄 붕어빵들을 전부 쓰레기통에 버리셨다. 그리고는 심기일전하여 새 붕어빵들을 만들어 주셨고 오래 기다리게 해서 미안하다며 한 마리를 더 넣어주셨다. 잽싸게 계산한 뒤 잘 먹겠다는 인사를 하고 차에 돌아와 앉으니 딱 나간 지 8분이 지났다. 그때 진심으로 사장님이 너무 멋있다고 생각했다. 입천장이 델만큼 뜨겁고 달콤한 사장님의 본업에 대한 진심 어린 마음 덕분에 그날 저녁 내내 행복했다.

이런 게 직업윤리가 아닐까. 직업윤리는 거창한 것은 아니라고 생각한다. 각자의 자리에서 자신이 해야 할 역할을 해내는 것. 그것이 누군가에겐 따뜻한 음식을 내어주는 것일 수도 있고, 누군가에겐 쉬운 길인 줄 알면서도 그 길로 가지 않을 용기를 심어주는 것일 수도 있다. 『알쓸범잡』이라는 TV 프로그램에서 영화 『1987』의 중심 사건이 되는 '박종철 고문치사사건'이 세상에 알려지게 된 과정에 대해 다뤄진 적이 있다. 사건 현장을 최초로 발견했던 의사는 의사의 역할을 다했고, 부검의는 본 대로 말하는 부검의의 역할을 다했으며 기자들은 사건을 세상에 알리는 기자들의 역할을 다했기에 영원히 묻힐 뻔한 그 일이 역사에 기록될 수 있었다고 했다. 후에 그 당사자들을 인터뷰했는데 그들은 대단한 신념 같은 것보다는 직업윤리와 상식에 따른 행동이었다고 대답했다. 내가 있는 곳에서 내가 해야 할 일을 충실히 해내는 것. 그 일을 할 때 이왕이면 약간의 사명감과 책임감을 갖는 것. 그런 사람들이 안전하고 상식적인 사회를 만드는 게 아닐까. 붕어빵을 먹으며 살기 좋은 세상에 대해 생각하는 밤이다.

"사장님, 제가 주차단속 때문에 마음이 급해서….

그냥 대충 주셔도 돼요."

"에이, 이런 건 손님한테 나가면 못 써.

내가 마음이 급해서 불 조절을 잘 못 했나 봐.

멀리서 왔다니까 또 더 맛있게 해주고 싶어서 그러지."

"기다릴게요. 천천히 해주셔요. 감사해요. 정말."

한겨울에 배운 프로의 자세, 붕어빵 아저씨와의 기록

나를 구한 어른들2
S선생님과의 기록

  S선생님은 중학교 시절 나의 수학 과외 선생님이었다. 안 그래도 없던 학업에 대한 흥미가 더더욱 희미해질 무렵 첫 딸에 대한 기대를 놓지 못한 엄마가 수학만은 절대 놓으면 안 된다며 어렵게, 어렵게 붙여준 선생님이다. 선생님은 뾰족하게 생긴 얼굴에 목소리도 날카로웠다. 숙제를 안 해가거나 집중을 못 하는 모습을 보일 때면 어김없이 팔뚝 살을 꼬집거나 널따란 손바닥으로 등을 매우 쳤다. 엄마한테도 그렇게는 안 맞아 봤는데 맞을 때마다 진짜 서러웠다. 무엇보다 가장 중요한 점은 진짜 너무 아팠

다. 어쩜 그렇게 손이 매운지. 맞을 때마다 너무 아팠고 짜증이 머리끝까지 나서 성질도 여러 번 냈다. 나는 수학과 선생님을 놓고 싶었으나 선생님은 날 놓지 않으셨고 결국 나는 내 수학 인생 최고 점수인 85점을 받고야 말았다. 내 인생 최고이자 다시 없을 점수였다. 그 후로 그런 점수는 손에 쥐어본 적도 없지만 '수학 85점도 맞아 본 아이'라는 타이틀이 내 가슴 깊은 곳에 자랑스럽게 새겨졌다. 그 후 고등학교에 진학하며 선생님과는 자연스럽게 헤어지게 되었다.

그렇게 고등학교 1학년 생활을 해나가던 어느 날 아침, 그날은 정말 유난히도 학교에 가고 싶지 않은 날이었다. 학교에 가야 한다는 사실만으로 그렇게 서러울 수가 없었다. 이대로 학교에 갔다가는 가슴이 뻥 하고 터져버릴 것 같은 답답한 기분이었다. 건물 뒤에 몰래 숨어 스쿨버스를 떠나보내며 담임 선생님께 전화를 걸었다. 너무 아파서 도저히 학교에 갈 수가 없겠노라고. 그 당시 고1 학생이 할 수 있는 가장 최선의 거짓말이었다. 스쿨버스는 떠났고, 나는 남겨졌고 그제야 슬슬 걱정되기 시작했다. 집으로 돌아가기엔 너무 이른 시간이었다. 천천히 핸드폰을 뒤지다 뭐에 꽂혔는지는 모르겠으나 안 본 지 꽤 오래된 S선생님에게 무작정 전화를 걸었다. 꽤나 나른하게 전화를 받는 선생님의 목소리를 듣자마자 왜인지 눈물이 쏟아졌다. 엉엉 울다가 "쌤….
저 학교 땡땡이쳤는데 갈 데가 없어요…."라는 나의 한마디에 선
생님은 한바탕 웃으시고는 빨리 갈 테니 어디 잘 숨어있으라고
말하며 전화를 끊으셨다. 그렇게 선생님과 접선해서 종일 여기
저기 신나게 돌아다녔다. 정확한 동선은 잘 기억이 나지 않지만
코스모스가 빽빽하게 피어있는 들판에 춘추복 교복을 입고 있던
나와 그런 나에게 장난치며 걷는 선생님의 모습은 선명하게 남아
있다. 그렇게 한바탕 웃고 나니 가슴이 시원하게 뻥 뚫리는 듯했
다. 다시 학교로 돌아가도 될 것 같은 용기가 생겼고 다음 날 나
는 이 소중한 일탈의 기억을 가슴에 안고 다시 학교로 돌아갔다.

 사실 지금 와서 생각해보면 오래전 가르쳤던 제자의 전화를 아
침 댓바람부터 받고는 "네가 지금 정신이 있느냐 없느냐, 학생이
학교에 안 가고 뭐 하는 짓이냐." 등의 말을 입 밖에 내지 않는다
는 건 결코 쉬운 일은 아니었을 것 같다. 질풍노도의 한가운데에
서서 모진 바람을 겪어내고 있던 한 청소년에게 '잠깐 쉬었다 가
도 큰일 안 나.'라고 말해준 S선생님 덕분에 돌아갈 방향을 잃지
않고 잘 찾아갈 수 있었다. 기꺼이 그늘막이 되어준 고마운 나의
어른처럼 나 또한 누군가의 땡땡이에 기꺼이 참여하는 낭만이 있
는 어른이 되고 싶단 생각을 해본다.

힘들 때면 어김없이 생각나는,
교수님과의 기록

  K교수님은 학과에서 가장 많은 일을 벌이는 분이다. 안 그래도 많은 수업에 외부 강의, 자문위원으로서의 업무, 동시다발적으로 진행되는 여러 연구 프로젝트, 그리고 교내 상담센터 센터장 자리까지 함께하고 있으니 말이다. 24시간이 부족한 하루하루를 살고 계신 K교수님은 학부생부터 대학원생 시절까지 무려 6년을 함께한 나의 지도교수님이다. 여기까지 읽고, 깊은 한숨과 탄식을 내뱉는 사람은 이게 얼마나 무서운 소리인지 알고 있다는 뜻이겠지. 이렇게 바쁜 교수님 밑에서 배우고 일하는 제자

들의 삶이란 여러분이 생각하는 어떠한 것, 당연히 그 이상이다. 당시 K교수님의 지도 제자들 사이에는 이런 말이 있었다. 강의실에서만 교수님을 만났던 사람들은 교수님을 떠날 수 있어도, 실제 상담 장면인 현장에서 교수님을 본 사람은 교수님을 쉽게 떠나지 못한다더라는 흉흉한(?) 소문 말이다. 안타깝게도 난 교수님이 진행하는 집단상담 프로그램에 스탭으로 참여했던 후자의 학생이었다. 집단상담에 참여했던 집단원들에게 건넸던 따뜻한 눈빛, 부드럽지만 강한 음성, 상대를 대하는 세심한 제스처까지. 이제 막 스물 몇 살이 된 청년에게는 그게 그렇게 멋져 보일 수가 없었다. 그 모습을 지켜보며 '아 평생 이 일을 하고 살아도 괜찮겠구나.'하고 생각했다. 짜릿했다. 그렇게 당연하고 자연스럽게 교수님의 둥지에 자리를 잡게 되었다.

찬란한 봄은 잠시. 교수님과 나는 그 뒤로 장마가 길게 드리운 여름날을 몇 해 걸었고 이제는 완연하게 곡식이 익어가는, 서로를 그리워하는 가을 안에 있다. 교수님 때문에 꽤나 많이 울고 뒤에서 몰래 욕도 많이 했지만, 여전히 그분을 존경하는 건 그분이 나에게 남긴 몇 가지의 가르침 때문이다.

"강의가 재미없어서 학생들이 지루해하는 건 강사의 잘못이다."

　이 말은 심리학과 학생들이 주로 수강하는 교양과목의 수업 보조를 하던 내내 교수님에게서 들었던 이야기다. 강의 내용을 잘 전달하기 위해서라면 자르고, 만들고, 붙이며 없던 도구까지 만들어 내던 교수님이었다. 그때까지 내내 학생의 입장이었던 나는 교수님의 이야기를 처음 듣고는 굉장한 충격을 받았다. 수업이 지루하게 느껴지는 건 내가 이 과목에 흥미가 없어서이거나 내 능력이 따라가지 못했기 때문이라는 것, 즉 그 원인을 나에게만 두고 살아왔었기 때문이다. 그런데 이 문제에 대해 노력해야 할 사람이 나 말고도 누군가가 있다는 사실에 묘한 쾌감을 느꼈던 것 같다. 그러나 그건 학생일 때나 듣기 좋은 소리였다. 내가 강의해야 하는 사람이 되고 나니 이 말이 엄청난 부담감으로 다가왔다. 강의를 망치게 된다면 가장 큰 원인은 나라고 배워왔으니 더 이상 누굴 탓하고 도망갈 곳이 없었다. 그래서 나는 강의를 준비할 때면 늘 혹시 생길지 모르는 예기치 못한 사태를 대비해 플랜B를 챙겼다. 내가 할 수 있는 선에서 최선을 다했다는 마음이 나를 안심시켰다.

"배운 건 써먹어라. 실제 장면에서 활용하지 않을 거면 뭐 하러 공부하니."

이 말은 논문지도 중 가장 많이 들었던 말이다. 상담심리학 자체가 응용심리학의 범주에 들어가고, 이론적인 것을 바탕으로 실제 내담자들에게 활용되는 학문이다 보니 이론적인 것들을 늘 어놓고 있으면 "그래서 뭐? 어떻게 할 건데?"라는 질문이 항상 따라붙었다. K교수님은 '알게 된 것을 알게 된 채'로 끝내는 걸 매우 답답하게 생각하셨기에, 뭔가 새롭게 알게 된 지식이 있다면 그 것을 어떤 형태로는 다음 만들 프로그램에 녹아들게 만들어야 직성이 풀린다고 하셨다. 그 결과 나 또한 잡다한 지식의 창고가 생겼다. 상담을 진행할 때면 결코 깊지는 않지만 얕고도 넓은 지식의 웅덩이 속에서 써먹을 적절한 데이터를 고르곤 한다. 한 번 나에게 들어오면 써 먹히지 않은 정보는 없다. 드라마나 예능 프로그램을 보면서도 도움이 될 만한 장면은 바로 찍어 놓는다. 상담받기 위해 찾아오는 사람들을 위해 더 나은 것을 찾고 시도해보는 모든 과정이 전부 성공으로 이어지지는 않지만, 무엇이든 하지 않는 것보다는 낫다고 생각하기에 열심히 지켜나가고 있다.

"어필해라. 아무리 열심히 일해도 잘 어필하는 법을 알지 못하면 변화는 일어나지 않는다."

이 말은 대학 내 상담센터에서 재학생들을 대상으로 여러 상담 관련 사업을 진행했을 때, K교수님께서 학교 측에 예산 관련 등의 문제를 어필하며 자주 하셨던 이야기이다. 여전히 사람들에게 심리상담이라는 분야는 '마주 보고 앉아서 이야기를 들어주는 것' 정도의 가벼운 노동 강도를 가지는 일로 여겨지는 듯하다. 사람들의 인식과는 달리 심리상담 일은 높은 수준의 전문성을 요구하는 직업이지만 그런 것보단 희생정신과 봉사정신, 헌신적인 태도를 당연하게 여기는 경우가 더 많은 것 같다. 상담을 통해 내담자의 적응, 기능 및 관계의 회복, 정서적 안정 등 긍정적인 결과를 얻을 수 있지만 상담이 미처 닿지 못한 곳엔 자해 및 자살, 문제행동, 갈등 등의 문제가 나타나니, 왠지 열심히 일해도 본전인 것 같은 생각이 종종 들곤 한다. 그렇기에 더욱더 우리가 어떤 노력을 하고 있는지, 우리가 하는 일이 얼마나 조직에 기여하고 있는지를 상사가 이해할 수 있는 방향으로 전달하는 것은 매우 중요하다. 알려야 변화가 생기고 변화는 나아진 환경을, 그 환경은 결국 상담을 이용하는 대상자들에게 치료적 요인으로 돌아갈 수 있기 때문이다.

여기까지가 신생 학과의 교수로 시작해 10년이 안 되는 동안 교내 재학생들의 전반적 심리지원 서비스를 제공하는 학생 상담센터의 센터장이 된 나의 지도교수님의 가르침이다. 살면서 여러 명의 롤모델을 만날 기회가 있지만 특히나 직업적 윤리나 태도를 형성하는 데 많은 영향을 끼치는 직업적 영역에서 롤모델을 만난다는 건 굉장한 행운이라고 생각한다. 직장에서 첫 사수가 누구인지에 따라 직장생활에서의 모습이 달라지고, 군대에서 어떤 선임을 만나느냐에 따라 남은 군 생활이 만들어진다는 이야기가 있다. 사람에게서 배울 점을 찾는다는 건 결제 없이 고퀄리티의 강의를 듣는 것과 같지 않을까. 이 책을 읽는 여러분의 곁에도 그런 좋은 모델이 있기를 바란다.

"오랜만에 교수님 강의 들어서 뭔가 감동 스러웠어요.

새삼 졸업한 게 실감 나서 서운하기도 하고….

지금 수업 듣는 애들이 이런 걸 알면 진짜 좋을 텐데요."

"고마워. 나의 든든한 지원군이 되어줘서. 어제저녁 네가 예전에 쓴

편지들을 읽는데 눈물이 나더라. 참 따뜻하고 고마운 편지….

예슬이와 좋은 추억들이 많구나. 연말에 많은 일 해치우느라

고생 많겠지. 마음의 평정을 잘 유지하고. 오늘 반가웠어."

"오늘 교수님 엘리베이터 앞에서 만났을 때 진짜 친정엄마 만난 거

같았어요. 결혼은 안 해봤지만, 꼭 그런 기분일 거 같아요.

사느라 바쁘다고 핑계로 자주 못 찾아뵈어 죄송해요.

힘내서 마무리 잘할게요. 교수님도 파이팅하셔요!"

        힘들 때면 어김없이 생각나는, 교수님과의 기록

열정이 남긴 발자국,
S와의 기록

    S언니는 드라마에 나오는 잘나가는 여주인공 캐릭터에 가장 가까운 사람이다. 언니는 내가 필라테스가 뭔지도 모르는 시절부터 오랫동안 그 운동을 했고 때론 요가를 다녔으며 늘 책을 읽었다. 또, 논문을 읽으며 주말에는 스터디에 참석했다. 차에 관심이 많아서 보이차 같은 것을 즐겨 마셨고 클래식에도 흥미가 많아 자주 즐겨 듣곤 했다. 그렇다고 완전 범생이인가? 하면 그렇지도 않다. 대학 시절 과 학생회장을 하면서도 저녁에는 잔디밭으로 술을 마시러 나가는, 그야말로 놀 땐 놀 줄 아는 그런 사람이었다. 게다가 예쁘기까지. 쓰고 보니 정말 어디 드라마에나

나올 법하네. 내가 언니를 이렇게 묘사했다는 걸 알면 오그라든 다고 몸서리를 칠 텐데 한 소리 듣더라도 꿋꿋이 써 내려 가보기로 한다.

'성실'이라는 단어가 사람으로 태어나면 언니로 태어났을 것 같다. 10년 넘게 봐왔지만 단 한 번도 뭔가를 중간에 포기하거나 못하겠다고 하는 걸 본 적이 없다. 도대체 저 언니는 하루가 몇 시간인데 저렇게 많은 것을 해내는 걸까 싶었던 적이 많다. 언니와 함께 학교에 다니던 시절을 떠올릴 때면 늘 기억에 남는 에피소드가 두 가지 있다.

첫 번째는 굉장히 지루했던 강의를 앞둔 시간이었는데, 그 때문인지 강단을 기준으로 앞 5~6줄은 모두 비어 있었다. 나를 비롯한 학생들은 옆이나 뒤쪽 좌석에 몰려 앉아있었으니 말이다. 언뜻 보면 딱 그 앞자리만 씽크홀이 생긴 것 같았다. 그때 지나가던 언니가 열린 앞문을 통해 이 광경을 보고 들어와서는 "지금 뭐하는 짓들이야? 앞으로 안 땡겨 앉아?"하며 소리쳤다. 지금 세대의 아이들이야 어떻게 반응할지 잘 모르겠지만 우리는 군말 없이(아니, 사실은 조금 궁시렁거리면서) 조금씩 앞쪽 자리를 채웠다. 그때 두 가지 생각이 들었다.

하나.

'지나가던 길에 이 많은 후배가 있는 강의실에 들어와 소리를 칠 정도로 우리가 잘못한 거구나. 그래, 교수님은 또 얼마나 민망하셨겠어.'

둘.

'저 언니 대단하다, 정말.'

또 다른 일화가 있다. 대학원에 다니던 어느 날이다. 여느 때처럼 교내 상담센터에서 각자 맡은 일을 하고 있었다. 그날따라 일이 일찍 끝났던 몇 명은 쉬고 있었다. 그때가 8시쯤 되었을 것이다. 쉬고 있는데 언니 혼자 교수님이 준 일을 하고 있길래 그 일을 나눠서 하자고 제안했다. 각자 조금씩 나눠 작업하니 한 시간도 채 걸리지 않아 일이 마무리되었다. 오랜만에 다 같이 일찍 집에 갈 생각에 들떠있는데 교수님을 만나고 온 언니가 말했다.

"다들 먼저 가."

알고 보니 교수님께서 한 사람이 일관성 있게 정리한 것이 필요하니 다시 한번 더 보라고 요청하신 것이다. 잔머리 굴리는 것을 즐겼던 나는 "언니 이번엔 진짜 안 걸리게 할 수 있어요. 줘 봐요."했다. 그러나 언니는 끝끝내 그것을 나눠주지 않고는 밤을 새워가면서, 더욱이 울면서 그걸 꾸역꾸역해냈다. 진짜 독하다고 생각했다.

그런데 얼마 전 후배가 나에게 똑같은 이야기를 했다. "언니, 진짜 독해요." 그때 S언니가 떠올라서 슬며시 웃음이 났다. 누구한테 배웠느냐도 중요하지만, 누구와 함께 배웠느냐도 정말 중요하구나 싶었다. 지금도 잘 해내야 하는 일 앞에 서면 언니를 생각한다. 언니가 '이 정도면 충분해.'라고 할지 '한참 멀었어. 한 번 더 봐.'라고 할지를 상상하면서.

최고의 운전 연수 선생님,

K와의 기록

　스물다섯에 운전면허를 땄다. 내 친구들은 보통 대학에 입학하
자마자 따곤 했는데 나는 그렇지 않았다. 대중교통을 이용하는
것이 편해 면허가 필요 없었고 운전하는 행위에 대한 큰 흥미도
없었다. 그러던 중 운전면허를 필히 따야만 하는 일생일대의 큰
변수가 생겼는데, 그것은 바로 대학원 입학이었다. 두둥. 이 글
을 읽고 있는 독자 중 몇몇의 탄식이 여기까지 들리는 것 같다.
그렇다. 나는 결국 대학원에 진학하고 말았고 아침부터 새벽까
지 논문, 상담 수련, 학교 사업 등이 끊임없이 반복되는 쳇바퀴

속에 스스로 발을 들이고 만 것이었다! 그리하여 어떤 날은 학교 학생 상담센터의 집단상담실에 누워 눈을 붙이기도 했고, 밤을 새운 날에는 근처에서 자취하는 후배의 집에 가서 씻고 출근하기도 하며 몇 달을 보냈다. 그렇게 살다 보니 뭐랄까, 잠은 집에 가서 자야겠다는 생각이 들었다. 그냥 그 생각만 들었다. 한 시간을 자더라도 집에서 자리라는 생각. 하여 면허를 따게 된 것이다. 엄마 차를 가지고 학교에 오면 새벽에 끝나도 집에 갈 수 있으니 말이다.

그렇게 면허를 따고 바로 운전면허 연수를 받았다. 첫 연수를 받고 돌아온 날, 엄마 차를 몰래 가지고 친구를 만나러 갔다. 진짜 거짓말 하나도 안 보태고 지하 주차장에서 나와 첫 우회전을 할 때부터 후회했다. 너무 긴장해서 이마에 땀이 송골송골 맺혔고 브레이크를 밟고 있는 발은 벌벌 떨렸으며 누군가 머리끄덩이를 잡는 듯 목덜미는 당겼다. 하지만 돌아가기엔 이미 늦었다. 약속 시간은 점점 다가오고 있었고 난 연습을 해야 했다. 거의 울다시피 하며 소리를 질러댔다. "제발요!!! 잘못했어요!!!! 알았다구요!!!!!!(차선 변경) 한 번만 끼워주세요!!" 어떻게 하다 보니 어찌어찌 약속 장소에 도착했고 기진맥진한 나는 친구를 태워 한가한 곳에 주차하곤 한동안 움직이지 못했다.

오른쪽 깜빡이를 넣고 좌회전하던 날들을 며칠 보내고 나서 친구 K를 만났다. 이미 운전경력이 상당했던 K는 내 첫 운전 썰을 들더니 자지러지게 웃었다. 그러더니 연수를 시켜주겠다며 나섰다. 이 친구에 대해 조금 더 설명하자면 이렇다. K가 모하비라는 큰 SUV를 운전하면 뒤차 운전자가 봤을 때 "저 차는 운전자도 없이 가네?" 하며 흠칫 놀랄 만큼, K는 작고 아담한 체구에 귀여운 외모를 가졌다. 그러나 그러한 외형과는 반대로 똑 부러지는 알싸한 성격을 가진 친구이다. K를 조수석에 앉히고 한참을 달려 한가한 도로를 지나고 있었는데 저 앞에 로드킬을 당한 동물의 사체가 보였다. 내 운전 인생 첫 로드킬 목격의 장면이었다. 너무 놀라고 당황한 나머지 눈을 질끈 감고 핸들을 틀어 차선을 변경했다. 워낙 저속이었고 차가 다니지 않는 도로라 큰 사고가 나지는 않았지만 정말 다시 생각해도 아찔한 순간이었다. 이 사달이 벌어지는 동안 소리 한 번 내지르지 않던 K가 조용히 말을 내뱉었다.

"괜찮아. 아무 일도 안 일어났어. 근데 앞으로 도로에서 저런 장애물들을 만나면 멀리서부터 눈 똑바로 뜨고 쳐다봐야 해. 피하면 안 돼. 저 장애물이 뭔지 정확히 알아야 밟고 가든 피해 가든 할 수 있어."

당시에는 너무 경황이 없어 K의 말을 들을 겨를이 없었는데 돌이켜 보면 이 말은 나에게 큰 영향을 미쳤다. 운전이 자연스러운 일상이 된 지금에 이르기까지 도로에서 많은 장애물을 만날 때마다 늘 그 말이 떠올랐으니 말이다. 더 중요한 건 이 말이 일상에서도 종종 떠오른다는 것이다. 피하고 싶은 일을 만나거나 난관에 부딪혔을 때, 마치 K가 '눈 떠! 똑바로 봐. 그럼 해결할 수 있어.'라고 말해주는 것 같았다. K의 '깡다구니 에너지'가 전염된 것처럼 용기가 생겼다. 여전히 씩씩하고 당당하게 생을 살아내고 있는 그녀는 본인이 그런 말을 했다는 걸 기억이나 하고 있을까.

돕는다는 것의 의미,
G부부와의 기록

오랜 여행을 마치고 돌아온 나에게 친구들이 가장 좋았던 곳이 어디냐고 물어보면 항상 빼놓지 않고 이야기하는 곳이 있다. 바로 슬로베니아이다. 사랑스럽고 소박하고 아름다웠던 풍경들이 하나 가득 머릿속에 남아있기 때문이기도 하지만, 그곳에서 만난 사람들과의 인연이 더 아름다웠기 때문이기도 하다.

수도인 류블랴나에서 묵었던 한인 민박집은 중년의 부부가 운영하는 곳이었다. 남사장님은 한국에서 누구나 이름만 들으면 아는 대기업에 다니다 은퇴하신 분이었는데 부부가 '해외에서 5년 살기'를 해보고 싶은 로망의 실현으로 그곳에 민박집을 차리

섰다고 했다. 한쪽이라도 거부했으면 이루어지지 않았을 그 일을 함께 해내고 계신 그분들의 사랑이, 그리고 우정이 단단하고 아름다워서 그 공간이 참 좋았다. 여사장님은 내가 그곳에 도착했을 때부터 밥은 먹었는지, 배는 고프지 않은지 물었고 밥을 안 먹었다고 하는 날에는 늘 정갈한 반찬과 함께 밥을 내어주셨다. 밤사이에 출출할 수 있다며 간식을 방에 넣어주셨고 심지어는 그곳을 떠날 때도 버스에서 먹으라며 이런저런 것들을 챙겨주셨다. 여기까지만 해도 더할 나위 없이 좋은 추억들이었으나 또 다른 사건이 생겼다. 바로, 소매치기를 당한 것이다.

류블라냐에서 피란이라는 도시로 넘어가서 에어비엔비에 체크인을 한 후 저녁 식사를 하러 나갔는데 계산하려고 보니 현금이 든 지갑이 안 보이는 거다. 그때 처음 싸한 기분을 느꼈다. 심장이 두근두근 뛰기 시작했다. 불안함이 밀려왔다. 그래도 그때까지만 해도 '숙소에 있는 배낭 안에 있겠지.' 하며 스스로를 달래고 안심시켰다. 하지만 숙소 그 어디에도 지갑이 없다는 걸 알았을 때 머리가 핑 돌았다. 적은 돈이 아니었기에 더더욱 막막했다. 당장 할 수 있는 걸 해야 했다. 어렴풋이 소매치기를 당한 건가 싶으면서도, 믿고 싶지 않아 어디에 두고 왔거나 잃어버린 거면 좋겠다고 생각했다. 그래서 류블라냐 숙소 사장님께 연락을 드렸다. 소식을 전해 들은 사장님께서는 괜찮냐며 많이 놀랐겠다고 나를 다독여주셨다. 죄송한 마음에 어렵게 내일 터미널 분실물센터에 한 번 가 봐 주실 수 있는지 부탁드렸더니, 흔쾌히 그건 걱정하지 말라며 내일 아침 일찍 가서 확인해보고 연락해주겠다고 하셨다. 사실 그쯤 됐을 때는 이미 찾지 못할 돈이라는 것을 짐작했기에 괜한 부탁을 드린 건가 싶으면서도 그래도 혹시나 하는 마음에 부탁드렸는데, 흔쾌히 도와주신다고 하니 얼마나 감사했는지 모른다.

다음 날 연락이 온 사장님은 예상대로 내가 원하는 소식을 가져다주시진 않았다. 다만 소매치기를 당했을 때는 어디로 가서 어떻게 신고해야 하는지, 어떤 서류를 챙겨야 하는지, 어떤 식으로 진술해야 하는지 등 본인이 직접 발품 팔아 알아 온 정보를 길고 긴 메시지에 담아 보내주셨다. 너무 감사했지만, 솔직히 말하면 감사하다는 말로는 표현이 다 안 되는 아주 복잡한 감정이었다. 오다가다 마주친 시간으로 따지면 채 하루가 안 되는 누군가를 위해 그 큰 노력과 시간을 쓴다는 게 내게 너무 과분하게 느껴졌기 때문이었다.

막말로 내 숙소에 머물 때나 내 손님이지 떠나고 난 후에야 어떻게 응대하든 상관없는 일 아닌가. 그건 오로지 사장님이 '선택'하신 일이었다. 그런 보살핌을 받았던 기억이 머리에만 남은 것이 아니라 마음에도 한가득 채워져 남아있다. 그 메시지를 받았던 날에 온몸에 퍼졌던 포근함을 아직도 감각적으로 기억한다. 그 감각을 잊고 싶지 않아 다이어리를 펴 이렇게 적었다.

'어려움에 처한 사람을 모른 척하지 말 것. 받은 사랑을 반드시 나누며 살 것.'

"버스터미널의 lost&found 와 기차역의 lost&found 다녀왔는데

지갑 들어온 것 없다고 합니다. 경찰서에 신고하라고 해서

경찰서에 가보려 합니다."

"감사해요. 사장님."

"여기 여행사를 운영하는 한국인 사장님하고 통화했는데 본인이

아니면 신고접수가 안 된다고 하네요.

일단 접수하고 확인증 받으세요. 결과는 연락 주세요.

제가 도울 수 있는 부분이 있으면 최대한 도와드리겠습니다."

"감사해요. 정말. 저 이 은혜 꼭 갚을게요."

돕는다는 것의 의미, G부부와의 기록

인생에 색을 입히는 사람,
O와의 기록

내 인생엔 계획한 바 없으나 의도치 않게 얻어지게 된 값진 인연들이 있다. 마치 잡지를 샀는데 부록으로 딸려온 상품이 너무 좋아서 홀딱 반하게 된 것처럼 말이다. O대표님이 바로 그런 사람이다.

한창 퍼스널 트레이닝을 받으며 운동하는 재미에 빠져 살던 시절, 이번에는 퍼스널 컬러를 알아볼까 하고 한 전문 진단업체에 방문했다. 퍼스널 컬러란 사전적 의미에 따르면 개인이 가진 신체의 색과 어울리는 색을 의미하는데, 이는 사용자에게 생기가 돌고 활기차 보이도록 연출하는 이미지 관리에 효과적이라고 한다. 한창 외모에 관심이 많았던 때이기도 했고 나의 '최상의 모습'은 무엇일지 궁금했기에 호기심이 생겼다.

 이 전문 진단업체의 대표를 맡고 계신 O대표님을 처음 만났을 때 높게 올려 묶은 머리에 하얀 피부, 강렬한 눈빛까지 보통의 카리스마가 아닌 분이라는 생각이 들었다. 사람을 많이 만나는 사람들은 특유의 기운 같은 것들이 있는데 그것보다도 훨씬 더 단단한 것이었다. 이렇듯 세 보이는 사람이 막상 프로그램이 시작되면 누구보다 다정하고 부드러운 사람으로 변한다. 우리가 우리에게 맞는 색을 찾아야 하는 이유는 무엇인지, 그 이유는 비단 외적인 이유뿐만은 아닌, 내면의 자신감을 위한 길이기도 함을 여러 사례를 통해 충분히 안내한 후 본 프로그램에 들어간다. 늦은 저녁이었음에도 프로그램을 진행하는 내내 열정적이던 모습, 텐션이 떨어지지 않는 모습을 보고 참 대단하다고 느꼈다.

 퍼스널 컬러 진단을 받고 난 후 내가 이러한 신문물을 경험하고 왔노라, 하며 친구들 사이에 소문을 퍼트렸고 관심 있는 친구들을 데리고 한 두 번 더 따라가 구경했다. 그러던 어느 날, O대표님에게 전화가 왔다. 갑자기 내가 생각나서 전화했노라 하셨다. 오늘은 선생님께 무척이나 힘든 날이었다고 하면서 나와 내 친구들과 함께 만났을 때 참 재미있었다고, 함께 하는 내내 힘이 났었다고 했다. 나 또한 그 시간이 굉장히 의미 있었으며 인생의 여러 부분에 적용해볼 만한 좋은 이야기들을 많이 들어 뜻깊은 시간이었다고 했다. 그렇게 서로 일상적인 이야기들을 주고받다 보니 한 시간가량 통화를 했던 것 같다. 당시 20대였던 나는 나이 차이가 꽤 나는 한 회사의 대표와 이렇게 오랜 시간 격의 없이 대화를 나눌 수 있다는 사실이 참 신기하고 재미있었다.

우리의 관계는 그렇게 마무리되나 싶었으나 아니었다. 너무나 물 흐르듯 자연스럽게 이어졌다. 2년에 한 번 정도는 만나 차를 마셨고, 서로의 안부가 궁금할 때면 톡을 남기거나 전화를 걸었다. 1년에 한두 번 정도는 연락하여 서로의 최근 소식을 업데이트 하는데 매번 한 시간 정도는 핸드폰을 붙잡고 있는 것 같다. 우리 사이엔 오랜 시간 녹여진 세월도, 공통분모도 없으나 연락할 때마다 어쩜 그리 매번 할 이야기가 많은지 "아유, 늦었네. 그래 이만 끊어야지." 하는 말이 늘 몇 번은 더 이어진다. 대화 중에는 참 배우고 싶고 본받을 만한 이야기가 많이 나온다. 대표님은 본인의 일에 엄청난 자부심과 열정을 가지고 있다. 매일 꽉 찬 스케줄을 아침부터 저녁까지 소화해내면서도 누군가가 자신만의 색을 찾고 그로 인해 당당한 자세를 갖게 만드는 것을 자신의 소명이라 말한다. 또한 자신이 하는 일을 정말 필요로 하는 곳이 어디인지, 어디에 가 닿아야 진정으로 빛을 볼 수 있는 일인지를 알고 있고 그렇게 하도록 많은 노력을 들인다. 이제 입시라는 무거운 짐을 내려놓고 한창 예뻐지는 데 올인하고 싶은 수능 끝난 수험생들을 위한 프로그램은 늘 더 저렴하게 준비하고 소아암이나 백혈병 같은 병마와 싸우고 있는 환자와 그 보호자를 위한 프로그램을 진행하기도 한다. 그런 대표님에게 나는 무지하게도 이런 질문을 한 적이 있다.

"대표님, 근데 그 아이들이 이런 걸 좋아해요?"
"좋아하죠. 그 긴 시간 동안 하는데도 어른들보다 훨씬 집중도가 높아요. 이해도 빠르구요. 그리구 난 아이들도 아이들인데, 보호자 분들 때문에 더하는 것도 있어요. 아이가 아프면 부모가 죄인이잖아. 신경 쓸 것도 많고. 오로지 아이 생각에 자기는 뒷전이 돼요. 그분들에게 립스틱 색깔 하나, 티셔츠 색깔 하나 바꿔서 좀 생기를 주고 싶은 거죠. 보호자가 잘 버텨야 끝까지 아이를 돌볼 수 있으니까요."

그 이야기를 듣고 멍해졌다. 나는 아직도 철없는 어린애구나. 심히 부끄러웠다. 대표님은 종종 본인의 최종 목표이자 꿈에 대해 이야기하곤 하는데 그 이야기를 할 땐 정말 누구보다 설레어 보인다. 대표님이 오랫동안 간직해오던 꿈이라 이곳에서 밝히진 못하겠지만 너무나 멋진 일이라 꼭 이뤄지기를 누구보다 바라고 있다. 이미 본인 업계에서 어느 정도 성취를 이룬 분이 끝없이 꿈을 꾼다는 게 나한테는 큰 귀감이 된다. 더군다나 그 꿈이 오로지 본인의 명예와 이익을 높이기 위해서가 아닌 사람들에게 더 좋은 것을 경험하게 하고 제공하기 위한 것이기에 더 멋지다고 생각한다. 개인적 성취보다 타인을 위해 본인이 기여해야 하는 역할을 갖는 게 그 목표를 더 빨리 달성하기 위한 방법이라는 것을 여러 책을 통해 본 적이 있다. 그래서 더더욱 대표님의 꿈을 믿는다. 다른 사람의 인생에 색을 입히느라 밤낮으로 분주하신 대표님의 공간도 총천연색으로 가득 차기를 응원한다.

"컬러진단은 때에 따라, 실시하는 사람에 따라 달라지면

안 되는 거거든요. 한 사람을 돋보이게 하는 컬러를 찾는다는 건

그 사람이 자신감을 가지고 인생을 더 잘 꾸려갈 수 있게

돕는 일이에요.

그래서 난 이 일에 자부심이 있어요. 부디 이 일을 하는 사람들이

좀 더 사명감을 가졌으면 좋겠어요. 끊임없이 실력을 키우고요."

인생에 색을 입히는 사람, O와의 기록

멋지게 늙어가는 법,
영심이 이모와의 기록

한 살 한 살 나이를 먹어간다는 건 나에게 슬픈 일도, 막막한 일도 아니다. 그 이유를 돌이켜보면 늘 나보다 몇 년 혹은 몇십 년 앞서 있던 선배들의 영향이 아닐까 싶다. 두 살 차이가 나던 대학 선배 언니가 서른이 되던 해 나는 그 언니에게 농담조로 앞자리가 바뀌니 어떠시냐 물었다. 그랬더니 언니는 "응, 나 너무 좋아. 너무 기대돼. 지금까지도 재밌었는데 앞으로의 삶은 얼마나 더 멋질까?"라고 대답했다. 내가 그때까지 들었던 모든 서른 즈음과 관련된 이야기 중 가장 빛나고 환상적인 이야기였다. 언니의 답변은 내가 서른의 문으로 들어갈 때 가장 강력한 보호막이 되어 주었다. 심지어 설레기까지 했다. 지금도 여전히 작년보단 올해가, 올해보단 내년의 삶이 더 기대된다.

또 한 명의 인생 선배는 엄마의 친구인 영심이 이모이다. 그 이모의 이름은 영심이가 아니다. 그냥 아주 어린 시절부터 그렇게 부르라고 해서 불러왔기 때문에 그게 익숙하다. 아직도 본명은 모르겠다. 아무튼 영심이 이모는 정말 별별 종류의 고난과 역경을 정면으로 겪으며 살아왔다. 인간극장에 출연한다고 하면 15부작은 나올 정도로 말이다. 그런데도 아직도 소녀 같다. 이모의 주변엔 늘 사람이 모이고 사람들은 이모의 에너지를 좋아한다. 모두를 웃게 한다. 몇 년에 한 번씩 이모가 절실하게 생각나는 날이 있다. 사는 것에 너무 지친 날엔 이모한테 전화를 건다. 그러면 엊그저께까지 연락했던 사람처럼 반갑게 받는다. 그러고 나서는 그냥 이모가 하고 싶은 이야기를 늘어놓는다.

"애, 어차피 삶은 유한하고 지식은 무한해. 안다는 게 알아도, 알아도 끝이 없어. 모든 걸 다 아는 건 불가능해. 네가 뭔데 그걸 다 알려고 덤벼. 덤비기를! 그 사실을 알고 나서 받아들이고 나면 행복해져. 다 갖춘 것처럼 보이는 사람들도 그렇게 불평불만이 많더라. 부자인 친구 하나는 달에 500씩 용돈으로 쓰면서도 사는 게 지겹다길래 "그럼 죽어~ 그거 다 나 주고. 그럼 내가 잘 쓰고 곧 따라갈게." 했더니 주지는 않더라. 야, 이도 저도 안 풀릴 때 가장 위대한 스승이 되어주는 건 자연이야. 나가서 걸어. 산책해. 자연은 어마어마한 영감을 줘. 감당 못할 영감이 쏟아져. 그렇다고 아무 데나 가면 안 되고 주차가 편하고 화장실, 화장실이 있는 곳을 걸어. 국립공원이나 유원지, 사찰 같은 곳. 화장실 신경 쓰다 보면 영감이 끊겨. 그리고 사랑을 해. 사랑을. 연애만 평생 해도 좋고. 근데 시답지 않은 일로 서로 상처를 줄 거면 쿨하게 보내주고. 내일도 모레도 사랑하기로 했으면 그냥 그 사람을 믿어. 완전히 믿어야 해. 가짜 사랑은 티가 나. 재미있게 살어. 차근차근 욕심내지 말고 배우고, 재미있게 살어. 나는 아들한테 부담 안 되려면 혼자 노는 법을 터득해야겠다고 생각하고 오래전부터 준비해왔거든? 근데 그 결실들이 요즘 맺히는 것 같아. 그래서 사는 게 너무 새롭고 재밌어. 정말 재밌어."

뭐 대략 이런 이야기들을 하고 끊는다. 그러고 나면 내 고민은 아무것도 아닌 게 된다. 심플해진다. 재미있게 살아야겠구나 싶다. 내 인생 후반기도 저렇게 반짝반짝 할 수 있지 않을까. 지나온 날들에 대한 아쉬움보다는 겪게 될 날들에 대한 기대감에 마음이 부풀어 오른다.

"이모. 세상에 맘처럼 되는 일이 없다. 정말."

"그러니까 네가 왜 인생한테 덤벼 덤비기를!

양손에 한가득 쥐고도 더 갖기를 바라는 게 인간이야.

쥐고 있는 게 있으면 더 못 쥔다는 걸 이해해.

그럼 편해. 나가서 좀 걸어. 바람도 맞고 하늘도 좀 보고.

그게 훨씬 더 나아."

멋지게 늙어가는 법, 영심이 이모와의 기록

외강강강내유유유,
Y와의 기록

  서른을 넘기면서부터 나는 굳이 나누자면 젊은이 쪽보다는 꼰대 쪽에 더 가까이 서 있는 것 같다. 언니, 오빠들이나 나보다 연배가 높은 선생님들이 들으면 또 한 소리 하겠지만 말이다. 그런데 사실은 꼰대라는 소리는 20대 중반부터 종종 들었다. "언니 꼰대예요?" 혹은 "이 언니 꼰대라니까!" 하며 후배들이 놀렸으니 말이다. 처음에는 그 소리를 듣는 게 그렇게 불편하고 싫었다. 장난인 걸 알면서도(또는 장난이 아닐 수도) 뭔가 주류 밖으로 밀려나는 느낌? 열린 사고방식을 가지고 있는 트렌디한 사람이 더는 아닌 느낌? 그렇게 한 문화에서 멀어진다는 게 당황스러웠던 것 같다. 그나저나 꼰대라는 말을 아직도 쓰나? 그것도 잘 모르겠다.

어느 날 친구에게 전화가 와서는 이번에 들어온 신입직원을 도저히 이해할 수가 없다며 "내가 꼰대인 건가?"라고 물었다. 나는 "우리 꼰대지."라고 대답했다. 그렇게 자연스럽게 받아들이게 되었다. 나는 주류인 문화에서 밀려 나와 또 다른 주류에 안정적으로 안착했다. 나보다 젊은 아이들이 매일 매일 생겨나고 있고 그들이 이룩한 문화에는 그들만의 특성과 색깔이 있다. 그리고 우리 세대의 문화에는 우리가 살아왔던 환경과 조건 속에서 우리만이 가질 수 있는 경험과 색깔이 있다. 이것은 분명히 별개의 것임과 동시에 당연한 말이지만 배척의 대상이 될 수는 없다. 다만 최근 이 꼰대라는 단어가 또 다른 혐오의 표현으로 사용되고 있는 것이 불편할 뿐이다.

그래서 이곳에는 내가 아는 한 꼰대, Y에 대한 관찰일지를 남겨보고자 한다.

1. 같이 일하는 부하직원들에게 잔소리가 심하고 혼도 자주 낸다. 그들이 뭔가를 부탁하면 툴툴대고 생색내는 것을 참지는 못하나 궁시렁거리며 결국에는 다 처리해준다. 그 일 때문에 아주 늦은 시간에 퇴근하더라도 말이다. (내가 필요한 물건이 있었는데 Y

는 "여기서 사시면 돼요." 하며 알려주고 가더니 그다음 날 온갖 곳을 뒤져서 구해다 주었다)

2. 오래 살아온 만큼 사람들과의 관계에서 상처 입은 횟수도 더 많아서 웬만하면 거리를 두려고 한다. 젊은 친구들이 친해지고 싶어서 확 다가왔다가 불편함을 느끼고 확 떠나갈 때 그제야 마음을 조금 여는데 늘 타이밍이 안 맞아서 또 혼자 실망한다.

3. 같은 이야기를 계속해서 반복한다. 정말 계속해서. 확인해본 결과 본인이 좋아하는 관심사에 대해 이야기하는 것은 그가 대화를 이어 나가는 하나의 방식이다. 내가 이야기하고 있다가 어느새 그에게로 넘어가는 것은 그가 내 말을 잘 알아듣고 있다는 의미이며, 그 주제에 관련된 자기의 이야기를 보태는 것이다. 결국 대화방식의 차이다.

4. 내 가족, 내 식구에게 엄청난 애정을 쏟는다. 애정을 쏟는다는 건 표현한다는 것과는 아주 다른 의미다. 주로 그들이 필요한 지원을 해준다든가 그들에 대한 자랑을 직장동료인 나한테 늘어놓는다든가 하는 것이다. 그렇게 대단히 자랑할 만한 건 아닌 것 같은데 늘 저렇게 흐뭇한 표정으로 자랑하는 걸 보면 미소가 지

어진다. 사랑이 느껴진다.

5. 칭찬을 못 견딘다. 정확히 이야기하면 칭찬받으면 어떻게 반응해야 하는 건지 몰라서 당황해하는 것이 느껴진다. "와!, 이런 것도 할 줄 아세요? 대박이에요. 진짜!" 하면 갑자기 다른 주제로 말을 황급히 옮긴다. 말을 돌리는 타이밍이 굉장히 어색해서 지켜보다 가끔 속으로 몰래 혼자 웃을 때도 있다.

6. 내 개인사에 관해 물어볼 때 엄청나게 눈치를 보고 신경 써서 적당한 말을 고른다는 것을 느낀다. 내가 이미 마음을 열었고 충분히 신뢰하고 있는 사이이기 때문에 그런 이야기는 편하게 물어보아도 되는데 항상 눈치를 본다. 성별이 다르고 나이 차이가 많이 나는 직장동료에 대한 본인이 할 수 있는 최선의 배려가 아닐까 싶다. 결혼에 대해 이야기할 땐 "그래, 요즘엔 뭐 꼭 젊어서 해야 할 필요는 없죠! 하고 싶은 거 다 하고 천천히 인생 즐기다가 해요!" 하다가 못 참고 마지막엔 꼭 "그래도 이왕 할 거면 빨리 하면 좋고요!" 한다. 재밌다.

물론 이 관찰일지의 주인공은 인성이 따뜻하고 바른 분이라 여러분이 생각하는 꼰대의 이미지와 다를 수 있다. 하지만 이분에 대해 전형적인 꼰대라고 말하는 사람들을 많이 보았으며 심지어 본인 스스로도 그렇게 생각한다. 누구나 그 사람의 자리에 서 보지 못하면 볼 수 없는 풍경이 있고, 깊게 알지 못하면 헤아릴 수 없는 역사가 있다. 여러 세대에 관한 관심을 갖고 이해하려는 노력은 나의 세계를 넓히고 통합하려는 아주 개인적인 욕심에서의 시도이지, 절대 여러분에게 강요하려는 것이 아니다. 강요하려는 것이 아니라니까. (자꾸 했던 이야기를 반복하는 것은 내 이야기가 오해 없이 잘 전달됐는지, 감이 오지 않을 때 하는 일종의 확인행위이다. -이상 꼰대 올림)

지켜야 할 선을 가르쳐준,
R과의 기록

　살면서 뒷담화를 단 한 번도 해보지 않은 사람이 있을까? 그 수는 0에 수렴할 것이라고 생각한다. 뒷담화를 특정 인물이 없는 자리에서 그에 관해 나누는 모든 이야기라고 정의 내린다면 더더욱 말이다. 특히나 그 배경이 직장이라면 그건 더 말할 것도 없다. 이십 대 중반에 입사한 나의 첫 직장은 말 그대로 뒷담화할 거리가 천지에 널린 곳이었다. 첫 직장이었고, 어렸고, 사회생활 경험의 폭이 아주 좁았으니 많은 경우 내 의견이 맞다고 생각했던 오만이 가득 차 있던 시기였다. 그로 인해 나이 차이가 꽤 나는 선배들을 향한 불신도 상당했었다. 이러한 개인적인 이유와 지금 생각해봐도 객관적으로 문제가 있었던 엉망인 체계를 비롯한 여러 가지 환경적인 어려움이 합쳐져 나는 매일 매일 지쳐갔다.

　내가 그 시간을 버틸 수 있었던 건 언제나 힘이 되어주었던 동료 네 명 덕분이었다. 우린 늘 함께였기에 우리를 둘러싼 다른 동료나 선배들의 질투 아닌 질투를 받기도 했는데, 그럴 때일수록 더 똘똘 뭉쳐 서로를 도왔다. 각각 다른 팀에서 일했던 우리는 각자가 하는 일에 문제가 생기거나 구멍이 나는 날에는 밤 10시건, 새벽 2시건 함께 남아 빠진 서류를 찾고 메꾸고 검토했다. 그러고선 늘 맛있는 걸 먹으러 갔다. 동료들은 당시 나의 유일한 버팀목이었으며 현재까지 내게 남은 소중한 재산이다.

　R은 그 동료 중 하나로 우리 중 가장 입사가 빨랐고 경력이 오래되어서 일 처리를 하는 데 막힘이 없었고 모든 것을 능수능란하게 처리했다. 옳지 않다고 생각하는 누군가의 헛소리에는 단호하게 대처했는데, R은 거의 늘 맞는 말만 했기 때문에 높으신 분들도 함부로 어찌하지 못했다. 이렇게 묘사해 놓으니 기가 센 캐릭터로 생각할 수 있으나 굉장히 다정다감하고 세심한 면모를 가진 사람이다. 주변 사람들의 아주 작은 경조사나 취향까지도 잘 알고 챙기는 따뜻한 사람.

그날도 어김없이 퇴근 후 맥주 한 잔씩 하며 회사 이야기를 하고 있던 차였다. 그날따라 너무 열받는 일이 있어 그 대상에 대한 뒷담화를 막 퍼붓고 있었는데 R이 말했다. "그래도 어른인데 그렇게 말하면 안 되지. 그리구 너 이런 이야기 우리 앞에서만 하고 후배들 앞에선 되도록 하지 마. 알겠지? 거지 같은 조직이라도 지켜져야 할 체계가 있는데 아랫사람이 윗사람을 공격하는 게 당연해지는 분위기가 되면 너도 언젠가 그 주인공이 돼."

그 이야기를 듣자마자 안도감이 들었다. 선을 지키지 못하고 날뛰는 나를 '저 녀석은 글렀네.' 하고 손절하는 것이 아니라 직접적으로 주의를 주는 것이 고마웠다. 이런 인생 선배가 있다는 것이 참 든든했다. 다른 사람의 인생에 조언을 한 숟가락 떠 얹는다는 것이 얼마나 많은 책임감과 용기를 필요로 하는 일인가를 한참이 지난 지금, 더 절실히 느끼고 있다.

이제는 다섯 명 모두 전 직장을 퇴사하여 각자의 삶을 살고 있지만 여전히 그들이 모인 단톡방은 조용할 날이 없다. 언니, 오빠들이 내 젊은 날의 증인이었음을 오그라들지만, 이 자리를 빌려 꼭 전하고 싶다. 단톡방에 남긴다면 분명 한 평생 놀릴 것이기 때문에.

"그 선생님도 그러고 보면 참 불쌍해."

"아이고 이제는 그 사람까지 불쌍해?"

"그렇잖아. 아등바등 버텨서 그 자리까지 올랐는데

주변을 둘러보니 아무도 안 남았잖아.

그러니까 그 사람한테 인간으로서 느끼는 연민 같은 거지."

"언니는 마음이 어디까지 넓을 건데?"

선을 가르쳐준, R과의 기록

심야식당 사장님,
H와의 기록

    H로 말하자면 내 주변 인물 중 '가장 범상치 않은 캐릭터'로 세 손가락 안에 들어가는 인물이다. 정말 여러모로 독특하고 재미있다. 분명 이런 캐릭터가 내가 모르는 어떤 영화 속에 존재할 것만 같다. H를 처음 만난 건 바야흐로 지금으로부터 7년 전, 어느 겨울이었다. 그 당시 나는 취업을 앞두고 '취업하기 전에 지금 당장 해야 할 일들'이라는 이름으로 작성해 두었던 리스트를 하나씩 지워나가던 중이었다. '내일로 여행'은 그 리스트의 앞쪽에 자리 잡은 계획 중 하나였는데 그 당시만 해도 만 27세 이하의 청년들만 누릴 수 있는 혜택이었기 때문에 그때가 아니면 다시는 기회가 없을 게 분명했다. '내일로'가 익숙하지 않은 분들을 위해 덧

붙이자면 '내일로'는 한국철도공사에서 판매하는 패스형 철도 여행으로 일정 기간 기차를 무제한으로 이용할 수 있는 상품이다.

경주에서의 너무나도 만족스러웠던 여행을 마치고 난 다음 날, 이동하는 기차 안에서 단양에 대한 정보를 찾아 검색하던 중 블로그를 타고타고 아주 우연히 영월의 한 게스트하우스에 대한 글을 보게 되었다. 아주 깊은 산골짜기에 있는 작은 게스트하우스. 상호를 노출해도 괜찮을는지 모르겠으나 그 이름은 무려 '심야식당 게스트하우스'였다. '심야식당' 하면 일상에 지친 사람들이 새벽녘에 들러 배도 채우고 마음도 채우는 줄거리의 동명의 만화를 연상케 하지 않던가. 심야시간대에는 개미 한 마리 보이지 않을 것 같은 그 장소와 이 이름이 참 아이러니하게 느껴졌다. 그 때문에 더더욱 호기심을 자극했다. 심지어 신비로워 보이기까지 했다. 마치 엄청난 비밀을 간직한 채 산골짜기에 은둔하고 있는 사람이 주인장일 것만 같은 그런 느낌. 이다지도 강렬히 끌렸던 터라 무작정 연락해 예약을 잡았고 그곳까지 가는 길에 대한 안내를 받았다. 오로지 단 한 개의 블로그 글만 보고 나는 계획에 없던 영월 여행을 하게 되었다.

그곳에 가기 위해선 제천역에서 내려 버스를 한 시간 정도 타고 또다시 마을버스로 갈아타야 했다. 다행히 마지막 마을버스를 타야 하는 코스 전에 사장님의 친구분께서 특별히 마중 나와 주셨고 그로 인해 마지막 버스는 생략할 수 있었다. 덕분에 마음이 한결 놓였다. 첫 번째 버스를 탈 때부터 날은 이미 어둑어둑해졌었기 때문에 좀 더 늦어졌다간 가로등도 희미한 깜깜한 어둠에 갇힐 지경이었기 때문이었다. 사장님도 젊은 처자 혼자 늦은 시간에 돌고 돌아 찾아오는 길이 아무래도 마음에 쓰이셨던 모양이다. 그렇게 겨우 도착한 게스트하우스! 짐작은 했지만 역시나 손님은 나 혼자였고 4인 도미토리를 혼자 쓰는 기쁨을 맛보았다. 체크인을 하고 식당 쪽에 나가보니 사장님이 기다리고 있었다. 이 사장님이 바로 H이다.

"이름이 뭐예요?"

"김예슬이예요."

"예슬 씨, 반가워요. 난 이 저녁에 이런 골짜기까지 여자 혼자 온다길래 이상한 여잔 줄 알았어요. 이 깊은 곳에 뭐 볼 게 있다구."

"아, 블로그에서 글을 하나 봤는데 너무 소담하고 예쁘더라구요. 저도 차 좋아하는데 차 마실 수 있는 공간도 있는 것 같고 그래서요. 그리구 말씀 편하게 하세요."

"아, 그러려고 했어. 대신 너도 사장님이라고 부르지 말고 편하게 불러. 언니가 됐든. 이모가 됐든. 이 식당은 메뉴가 몇 개 있긴 한데 그건 점심 장사할 때 손님들이 시키는 거고 숙박하는 사람들이 여기서 밥 먹고 싶다고 하면 그날그날 있는 재료 봐서 내 맘대로 만들어. 먹고 싶으면 먹는 거구, 뭐 아님 마는 거구."

이것이 우리의 첫 만남이었다. 나는 H를 언니라고 부르기로 했다. 그날 저녁으로는 감자전과 무슨 비빔밥을 먹었는데 정말 너무 맛있어서 한 톨도 안 남기고 싹싹 긁어먹었다. 밥을 먹고 나서는 티타임이 시작되었다. 정갈한 나무 다탁에 둘러앉아 녹차부터 생차, 보이차에 이르기까지 난생처음 보는 차들이 줄지어 나타났고 우리는 새벽까지 마셔댔다. 술 마시다 밤을 새운 적은 가끔 있었어도 차를 마시다가 밤을 새우는 건 진귀한 경험이었다. 찻자리는 무려 새벽 4시까지 이어졌다. 주는 차를 족족 마셔대는 나를 기특한 표정으로 보던 언니는 본인 사는 이야기, 왜 이곳에 자리를 잡게 되었는지, 개인사와 관련된 이야기들을 술술 풀어냈다. 방 안에 있는 화목난로가 주변을 따뜻하게 데우고 있었고 나는 노곤해졌다. 아무도 나를 침범할 생각이 없는 성안에 들어와 있는 것 같았다. 밤새워 마신 차 때문인지, 그날의 대화 때문인지 나는 그곳이 너무나도 좋아져 버렸다. 그렇게 하루가 갔다. 다음 날 아침 8시 반쯤 되었을까 창밖에서 언니의 목소리가 들렸다.

"예슬아! 일어나! 아직도 자냐! 산책하러 가게 얼른 일어나!"

 내가 지금 환청을 듣는 건가 싶었다. 게스트하우스 사장이 산책하러 가자고 아침 댓바람부터 손님을 깨운다고? 내 머릿속에서 이것이 분명 이상한 일임을 감지하기도 전에 이미 나는 "지금 나가요!"를 외치고 있었다. 밤새 눈이 온 덕에 이 예쁜 설경을 보여주고 싶었다는 언니. 40분 정도의 산책을 마치고 돌아와 샐러드를 만들어 주었는데 온갖 처음 보는 고급 식재료들이 들어가 있었다. 이게 뭐냐고 물으니 "나도 몰라. 이건 누가 보내줬고, 이건 저기, 어디서 온 거야. 사람들이 자꾸 이런 걸 보내줘. 어우 성가시게 말이야. 맛있으니까 그냥 다 섞어 먹는 거지 뭐."하고 시니컬하게 답했다. 괜히 저렇게 말하는 거다. 직접 찻잎을 솥에 덖어 차를 만드는 일을 하는 언니는 미각이 아주 예민하다. 조화롭지 못하거나 맛이 없는 것들은 아예 입에 대지를 않는다는 것을 어제부터 관찰한 바 잘 알고 있었다.

 그렇게 아침을 먹고 나니 체크아웃할 시간이 다가왔다. 그러나 나는 이미 이곳에 매료되어있었다. 새하얀 눈은 곳곳에 너무나도 예쁘게 내려앉아 있었고 난로에 구운 고구마를 먹으며 배 깔고 누워보는 만화책은 나에게 평화를 주었다. 이 모든 게 포근하여 아무 곳으로도 가고 싶지 않았다. 그렇게 3일을 거기서 눌러 지냈다. 물론 단양이고, 강릉이고 가지 못했지만 그런 것들은 안중에도 없을 만큼 그곳이 좋았다. 머문 지 이틀째 되는 날부터는 손님이 아니라 스탭이라며 이런저런 일들이 주어졌고 그걸 함께 했다. 식자재를 다듬는 일부터 칠판으로 되어있는 메뉴판을 다시 꾸미는 일까지. 하다 보니 복잡한 생각 같은 것은 할 겨를이 없었고 머리는 말끔해졌다. 내가 꾸민 메뉴판을 힐끗 보더니 언니는 "요망한 년. 글씨까지 잘 쓰네." 했다. 그 말은 그녀가 할 수 있는 최고의 칭찬을 담은 말이다. 며칠 사이 나의 호칭은 예슬 씨에서 예슬아, 그리고 요망한 년으로 삼단 변신했다.

"어우, 귀찮아죽겠어! 정말! 지랄!"을 입에 달고 사는 언니 옆에는 이상하게도 늘 사람들이 모인다. 모 병원의 의사 부부, 유명 식당 출신 쉐프, 어디 회사 사장님, 심지어는 대다수가 알만한 유명한 배우를 비롯하여 온갖 직종의 사람들이 전국 팔도 각지에서 언니를 찾아와 차를 마시고 가거나 숙박을 하고 간다. 그곳에 머문 삼 일간 온갖 곳에서 걸려 오는 전화가 있었고 그 통화가 끝날 때마다 그 등장인물이 어떤 인물인지에 대해 간단히 리뷰하는 시간이 이어졌는데, 나는 그 이야기를 듣는 것도 참 재미있었다.

그리고 그곳에 머무는 마지막 날. 언니가 뭘 먹고 싶냐고 묻길래 만두라고 했다. 욕이나 안 하면 다행이고 어찌해준다고 해도 당연히 냉동만두를 사 와서 구워주는 건 줄 알았는데 언니는 흔쾌히 "그래? 그럼 만들어보지 뭐." 했다. 그로부터 한 시간 뒤, 나는 만난 지 삼 일 째 되는 타인과 마주 앉아 만두를 빚고 있었다. 한참을 빚다가 언니에게 언제 만두를 처음 빚어봤는지 물어봤더니 언니는 대수롭지 않은 표정으로 오늘이라고 답했다. 벙찐 내 표정을 보더니 또다시 시크한 말투로 "괜찮아. 나 처음 전문가야."라고 했다. 이제는 그냥 피식 웃음이 나왔다. 그렇게 손수 만든 만두로 마지막 만찬을 즐기고 기나긴 작별의 시간을 가졌다.

그 후로 그곳은 나에게 살다가 너무 힘든 날이면 언제든 도망쳐 숨을 수 있는 아지트가 되었고 실제로 그 뒤로도 1년에 한 번, 2년에 한 번씩은 꼭 찾아가 푹 쉬고 오기도 했다. (말이 휴가지 가면 또 온갖 일을 하다 내려오곤 했다) 그렇게 몇 년이 흘러 코로나가 시작된 이후부터는 그곳에 가보지 못했으니, 언니를 보지 못한 것이 벌써 3년이 넘었다. 지금 언니는 영월에 없다. 게스트하우스와 식당은 다른 분이 인수했고 언니는 근거지를 옮겨 다른 지역에 차를 전문적으로 소개하는 찻집을 열었다고 한다. 가끔 문득 생각이 나서 '언니, 잘 지내?'하고 톡을 보내면 '나쁜눈'이라는 딱 세 글자만 올 뿐이다. 매번 똑같다. 보고파 죽겠는데 언제 올 거냐는 언니의 그리움이 담긴 세 글자라는 것을 이제는 느낄 수 있다.

나에게 정말 쉼이 필요했던 그때, 언니는 내 상황을 눈치채고 일부러 이른 아침부터 산책을 하게 하고 자잘한 일을 맡긴 것이라는 것, 그것도 너무 잘 알고 있다. 올해가 가기 전엔 꼭 찾아가 꽃다발을 한 아름 가득 안겨주고 싶다. 그때도 역시 언니의 첫인사는 '나쁜눈'이겠지.

귀엽고 서툰 위로,
동생과의 기록

때는 바야흐로 나의 고3 시절, 수능 날 아침이었다. 지금도 그 렇겠지만 수능 날 아침은 새벽부터 모두가 분주히 움직이며 수 험생의 기분, 세포 하나 건드리지 않기 위해 무던히도 애를 쓰 는 날이다. 영국 여왕이 호위받듯 극도의 긴장 속에서 우리 엄마 아빠는 나를 '모시고' 시험장으로 향했고, 그 얼마 안 되는 시간 동안 우리는 서로 최대한 밝은 척을 했다. 시험장에 도착해 내 리려는 찰나 우리 아빠는 나에게 "딸아, 우리는 참가하는 데 의 의를 두자."와 같은 멘트를 던졌고 그 말에 피식 웃음이 났던 나 는 마음이 녹아내렸다. 그 덕에 '그래 까짓거 뭐 한 번 해보지,

뭐 어때!'하는 용기가 스멀스멀 마음속에 피어나기도 했다. 공부를 대단히 잘하지도, 엄청나게 열심히 하지도 않았던 나였지만 수능시험이 끝나고 나오는 길은 생각보다 더 허무하고 막막한 기분이었다.

시험이 끝난 뒤 친구와 짧은 회포를 풀고 집에 들어와 가채점하는데 대부분 수험생이 그렇게 말하듯 평소보다 점수는 더 안 나왔고 나는 절망감에 휩싸였다. 지금 생각해보면 그게 그럴만한 일인가 싶지만, 왠지 그날은 그냥 슬픔이라는 바다에 빠진 채로 있어야 할 것 같은 느낌이었다. 너무 슬픈 나머지 실연당한 90년대 뮤직비디오 여주인공처럼 책상 위에 있는 물건들을 한 번 싹 쓸어 던지고는 베개에 얼굴을 묻고 꺼이꺼이 울었더랬다.

그렇게 한두 시간이 흘렀나. 누군가 굉장히 조심스럽게 방문을 열고 들어오더니 "누나 고생했어. 이거 내가 사 왔어. 일어나면 봐…."하며 어지럽혀진 책상에 무언가를 놓고는 조심스레 문을 닫고 나갔다. 남동생이었다. 동생이 책상 위에 놓고 나간 선물은 엄지손가락 반만 한 모자 쓴 곰돌이가 가운데 앉아있는 파란색 스노우볼이었다. 그렇게 눈물이 줄줄 흐르는 와중에도 그게 너무 귀여워서 한 바퀴 핑 돌려봤다. 사르르 내리는 눈송이들을 한참이나 봤던 기억이 아직도 생생하다. 그 당시 다 큰 중학생 남자애가 누나 주겠다고 문구점에서 이걸 골랐을 생각을 하니 입꼬리가 씰룩씰룩했다. 올라가려는 입꼬리 근육과 아직은 때가 아니라는 근육이 치열하게도 싸웠었지. '어쨌든 노력이 가상해서 내가 나가준다!'라며 내 행동에 타당성을 부여한 나는 따뜻한 거실에 나가서 배 터지게 저녁도 먹고 사과도 깎아 먹으며 그렇게 조금씩 괜찮아졌다.

그 후로 10년간 내 침대 머리맡에 있던 그 선물은 이사를 한 번한 후 사라졌다. 아마 짐 정리하던 누군가가 없앴겠지만 지금도 어디선가 잘 있었으면 하는 바람이다. 비록 그 스노우볼은 다시 볼 수는 없게 되었지만, 조심스러운 목소리로 누나를 위로하려던 어린 날의 동생의 귀여운 의도는 여전히 마음속 깊이 진하게 남아있다.

호의가 선물이 될 때,
J삼촌과의 기록

2018년 3월, 나는 네팔의 한 도시 '포카라'에 있었다. 당시 나는 내 일과 '사람들'에 많이 지쳐있었고 어디론가 가야만 살 수 있을 것 같은 기분이었다. 그렇게 며칠 동안 '어디론가'가 어디면 좋을지를 찾다가 최대한 사람들과 마주치지 않아도 되는 곳, 하루종일 자연 속에 있을 수 있는 곳 정도이면 좋겠다는 생각이 들었다. 그러던 중 아주 우연하게도 어떤 여행작가의 블로그에서 포카라에 있는 '페와호수'의 사진을 보게 되었다. 산과 호수, 그 호수를 유유히 지나는 나룻배, 노가 물을 가르는 소리와 나룻배를 지나는 바람 소리 외에는 아무것도 들리지 않는 곳.

'그래, 포카라에 가야겠다!'

단 몇 달 만에 남은 일을 정리하고 사직서를 제출했다. 그리곤 곧장 비행기 표를 예매하고, 가까운 친구들과 작별 인사 아닌 작별 인사도 나눴다. (유난스러워 보이지만 그때까지만 해도 돌아오는 표는 예매하지 않았었다) 떠나기 위한 짐을 싸는 내내 사진 속 그곳에 대한 나의 기대는 물에 담가놓은 한 줌의 미역처럼 점점 불어나고 있었다.

내 몸의 절반만 한 검정 배낭을 둘러메고 경유지를 거쳐 5시간을 대기하고 또 환승하는 과정 끝에 꼬박 하루 걸려 도착한 카트만두! 그곳에는 분명 나를 위한 평화가 기다리고 있을 줄 알았다. 그런데 웬걸, 끝도 없이 길게 늘어선 작은 차들, 쉴 새 없이 울려대는 경적소리, 차와 차 사이를 비집고 달려대는 오토바이, 답답한 온도, 희뿌연 모래 먼지 같은 것들… 예상 밖의 어지러운 풍경들이 나를 반겼다. 발을 내딛는 순간 후회란 걸 했달까. 평화를 찾아 먼 길을 날아온 곳에서 흙먼지를 들이마시는 상황의 참담함이란 경험해보지 못한 사람은 다 알 수 없다. 그날은 그럭

저녁 피곤한 마음에 걱정을 끌어안고 잠이 들었다.

다음 날 일어나 카트만두에서 포카라까지 가는 버스를 탔다. 장장 7시간의 긴 여정인데다 가는 내내, 정말 가는 내내 비포장도로를 달렸기에 잠을 잘 수도, 똑바로 앉아서 핸드폰이나 책을 볼 수도 없었다. 결국 나는 버스 좌석 위에서 통제할 수 없는 고개를 간신히 가누는 내 모습을 영상으로 남기며 시간을 보냈다. 헛웃음이 났다. 포카라에 도착한 뒤 나는 버스에서 해방된 기쁨에 뒤도 안 돌아보고 달려 나와 택시를 잡아타려다가 버스에 배낭을 놓고 왔다는 절망적인 사실을 깨닫고는 미친 듯이 달려가 다시 배낭을 되찾아왔다. 이 글을 쓰는 지금도 그때 생각을 다시 하니 뒷골이 아득하게 당긴다. 그 뒤로 몇 차례의 험난한 과정들이 더 있었으나 너무 구구절절하여 다 생략하겠다. 어쨌든 어찌 어찌 숙소에 도착해 짐을 풀었다. 짐을 풀고 나니 복잡한 감정이 휘몰아쳤다. 혼자 여기까지 오는 걸 해냈다는 성취감과 안도감. 그리고 비로소 혼자가 되었다는 외로움이 마음을 비집고 찾아왔다. 그뿐만 아니라 이렇게 많은 돈과 노력을 들여 이곳에 왔으니 반드시 어떠한 깨달음이나 마음의 평화 같은 것들을 이뤄내야 한다는 무거운 부담감도 밀려들었다.

어쨌든 그렇게 시간이 흘렀다. 느지막이 일어나면 점심을 먹고 책을 보다가 호숫가에 앉아 멍을 때리고 동네를 산책하고 또 저녁을 먹고…. 나름 평온한 생활을 이어갔지만 어쩐지 일주일쯤 혼자만의 생활을 반복하니 외로운 마음이 들었다. 사람이 지겨워 떠나온 여행에서 또 외로움을 겪고 있다니. 도대체 내 마음이 왜 이러나, 그런 불편한 감정이 드는 것이 꽤나 곤란했다.

그러던 어느 날 아침, 여느 때처럼 산책하러 나가던 내게 숙소 사장님께서 차를 한 잔 권하셨다. 우리는 마주 앉아 이런저런 이야기를 늘어놓았다. 사실 처음 그곳에 도착했을 때부터 사장님은 간간이 나를 불러 차를 권하시곤 했는데 나 스스로가 사람들과 어울리기보다 나에게 더 집중해야 할 것 같다는 생각에, 그래야 내 문제를 스스로 풀어낼 수 있을 거란 생각에 참 열심히도 거절했었다. 지금 와서 생각해보면 시덥지도 않은 룰이었다. 앉아서 이야기하다 보니 이상하게도 나는 사장님에게 별의별 이야기를 다 늘어놓고 있었으니 말이다. 그녀는 내 이야기를 듣다가 가끔은 웃었고 고개를 끄덕이기도 했다. 뭔가를 더 묻는다거나 이렇다 할 조언 같은 것도 없이 푹 쉬었다 가라는 말만 남길 뿐이었다. 그날을 기점으로 나는 다시 사람들과 교류를 시작했다. 가끔 함께 밥을 먹기도 했고, 때론 다른 투숙객들과 함께 맥주를 한 잔씩 나누기도 했다.

　J삼촌은 그때 알게 된 숙소의 장기 투숙객이다. 포카라에서 시간을 보낸 지는 석 달이 훌쩍 넘은 J삼촌은 카트만두에서 홀어머니를 모시고 사는 덩치 좋고 여린 감수성을 가진 따뜻한 한국 아저씨다. 그가 왜 고향 땅을 두고 이곳까지 와서 자리를 잡았는지, 여기서 뭘 하는지는 모르지만(따로 물어보지 않았다) 나름대로 복잡한 사연이 있겠거니 싶었다. 나도 그랬으니까.

　이 기나긴 이야기를 시작한 것은 J삼촌에 대해 적고 싶어서이다. 포카라에서의 여정이 2주가 지났을 때쯤이었다. 마음은 꽤 평화로웠으나 아직도 무언가 답답한 것들이 내면에 가득 차 있는 기분이 들었다. 직업적인 면에서도 그렇고, 관계적인 면에서도 그렇고 아직 풀어야 할 숙제가 많이 남아있는 것만 같았다. 아무튼 이곳, 카트만두를 떠나 더 넓은 곳으로 가봐야겠다는 생각으로 유럽행 비행기를 끊었다. 떠나기 하루 전, 그동안 함께 했던 사람들에게 작별 인사를 하는데 J삼촌이 슬쩍 내게 다가와 말을 걸었다.

　J삼촌: 비행기 타기 전에 어차피 카트만두에서 하루 묵어야 하잖아요. 내가 숙소 예약해놨으니까 도착하면 거기로 가요.

나: 네? 아니에요. 삼촌. 저 진짜 괜찮아요. 제가 따로 예약하면 돼요!

J삼촌: 거기 지인이 하는 곳이라 진짜 싸게 했으니까 부담 갖지 말구요.

나: 어유, 당연히 부담되죠. 자고로 엄마가 공짜는 뭐든 조심하랬어요.

J삼촌: 하하. 정 불편하면 가기 전에 밥 한 끼 사주면 되죠.

그렇게 몇 번의 옥신각신 실랑이가 오가던 끝에 J삼촌이 예약한 숙소 주소를 받고 저녁을 대접하는 걸로 이야기는 일단락되었다.

다음 날 다시 카트만두로 향하는 버스에서 사실 난 별의별 생각을 다 했었다. '아무리 2주간 봤다고 해도 우린 엄연히 여기서 처음 본 사인데 나한테 왜 이렇게까지 잘해주지? 그리고 난 또 뭘 믿고 이 사람이 예약했다는 숙소에 가고 있지? 제정신인가? 가서 무슨 일이라도 생기면 어떡하지? 집단직인 범죄의 현장에 내 발로 걸어 들어가고 있는 건 아닌가….'와 같은 정체불명의 온갖 시나리오를 썼더니 생각의 끝에는 이미 나는 엄청난 범죄의 피해를 겪은 불행한 아이가 되어있었다. 시간은 늦은 오후. 다른 숙소를 찾기엔 이미 늦었고 별다른 방법은 없었다. 택시를 타고 J삼촌이 예약한 숙소에 도착했다. 여차하면 머리를 내리치고 뛰쳐나올 생각으로 핸드폰을 단단히 손에 쥐고 호텔 문을 열었다. 문을 열고 들어가니 직원들은 나를 반겨주었고 체크인은 빠르게 이루어졌다. 객실은 너무 따뜻했고 포근했는데 무엇보다 하얗고 푹신한데다 넓기까지 한 침대를 보니 맥이 빠지며 긴장이 풀렸다. 그때 J삼촌에게 온 메시지.

[여행하는 동안 항상 건강 1순위로 챙기면서 좋은 추억 많이 만들고 밥 잘 챙겨 먹어요. 잘 먹고 잘 쉬고. 여행도 힘 있고 깡이 있어야 재밌는 거예요. 인연의 끈으로 잠시라도 만나게 되고, 알게 되고. 이리 사는 거지 뭐 있나요. 혼자만의 시간, 여행 잘하고 동생 인생에 전환점이 되기를 바라요. 가방에 숙소 옆 가든 입장권 넣어놨으니 내일 시간 되면 들러보구요.]

호의도 받아 본 사람이 받을 줄 안다고. 이유 없이 도움을 베풀어주는 사람을 끊임없이 의심했던 내가 너무 창피하고 한심해지는 순간이었다. J삼촌에게 잘살아야겠다고 답장하며 왜 눈물이 나왔는지는 아직도 알다가도 모를 일이다. 얼마 전까진 내 인생에 존재하지도 않았던 누군가를 위해 이 정도의 돈을 쓰고 정성을 들이는 것. 그것도 단지 저 사람의 여행과 저 사람의 삶이 조금 더 편안해지길 바라는 마음이라니. 타인에게 받은 이유 없는 사랑은 생각보다 더 강한 힘을 가진 것 같다. 가족이나 친구가 아닌 타인과의 기억이 이렇게 오래도록 내 인생에 영향을 미치는 걸 보니 말이다. 그렇게 나는 J삼촌을 비롯한 많은 사람 덕분에 용기를 얻어 다음 여행을 시작할 수 있었다. 나도 언젠가는 꼭 이유 없는 사랑을 나눠보겠다고 다짐하면서.

"여행하는 동안 항상 건강 1순위로 챙기면서 좋은 추억 많이 만들고

밥 잘 먹고. 아프면 바로 병원 가요. 잘 먹고 잘 쉬고 여행도

힘 있어야 하는 거니까. 많은 생각 하지 말고 혼자만의 시간, 여행

잘하고 동생 인생에 전환점이 되기를 바라요. 파이팅!"

"살다 보니 네팔에 친구도 생기고…. 여행이 참 좋은 거네요.

있는 동안 가족처럼 챙겨주신 거 진짜 잊지 못할 거예요.

삼촌도 건강 잘 챙기시고 너무 스트레스받지 마시고

천천히 재밌게 일하세요. 건강히 잘 계세요!"

"마음도 착하네요. 항상 건강 잘 챙기고 스트레스받지 말고 뭐든

즐겨요. 일도, 사랑도. 아픔도!"

"네, 명심할게요. 흐흐"

호의가 선물이 될 때, J삼촌과의 기록

목화 한 송이의 의미,
나의 연인 Y와의 기록

친한 대학 선배의 소개로 만나게 된 그는 아주 우연히도 내 중학교 동창이었다. 우연을 운명이라 이름 붙이면 그것이 사랑이 되던가. 아무튼 그 당시에 나는 보이는 모든 것, 둘러싼 모든 것을 그렇게 불러댔던 것 같다. '맙소사 그때 나 너무 바쁠 때였는데 딱 2시간 시간이 나서 널 보러 간 거잖아. 우리가 그래서 만난 거잖아!' 혹은 '너 처음 만나러 준비하는 동안 내내 너무 귀찮아서 죽을 뻔했는데 식당 문 열고 너랑 눈 마주친 순간 심장이 미친 듯이 뛰어가지고 이 사람 꼬셔야겠다고 생각했다니까! 이게 도대체 운명이 아니면 뭐란 말이야!!' 와 같은 문장들이 우리의 공간을 가득 채웠다. 그렇게 우리의 세계는 시작되었다.

만난 지 한 달쯤 되었을 때 우리는 처음으로 마주 앉아 시원한 맥주를 한 잔씩 나눠 마셨다. 나는 술보단 몽글몽글한 낭만적인 분위기에 취해있었던 것 같은데 심각한 표정을 한 Y는 마치 나와 다른 장르에 혼자 외롭게 서 있는 주인공 같았다. 조심스럽게 시작된 이야기는 치열하게 살아온 Y의 지난날에 관한 것이었다.

지역에서 이름만 대면 알만한 사업가의 손자로 태어나 부유한 어린 시절을 보냈으나 아버지와 고모들이 그 많은 재산을 날려 먹는 데에는 불과 몇 년이 걸리지 않았고, 그 후 가족들은 뿔뿔이 흩어져 지냈다고 했다. 결국 Y는 중학교 때부터 알바를 하고 용돈을 벌며 후에는 중풍에 걸린 할머니 병간호까지 했다고 했다. 그 뒤로도 드라마로 치면 몇 부작은 족히 나올 법한 사연들을 Y는 비현실적이라 할 만큼 담담하게 이야기하고 있었다. 그 많은 것을 감당하며 이고 지고 살아온 사람이 내 앞에서 해맑게 웃으며 앞으로 살아갈 날에 대한 기대감을 표현하다니…. 마음이 아프게 내려앉았다.

내 몽글몽글한 기분을 단번에 망쳐버린 Y의 의도는 뭐였을까. 사귀는 사이에 이 정도 정보는 알려줘야 할 것 같아서? 아니면 도망갈 기회를 줄 테니 어서 냉큼 도망가라는 신호를 주고 싶었던 걸까. 그러나 나는 출제자의 의도 같은 건 파악하지도 못한 채 그 이야기를 듣는 한 시간 내내 펑펑 울어댔다. 마치 그 복잡한 세월을 내가 다 겪기라고 한 듯이. 그냥 Y가 힘들었던 그 시간에 내가 없었다는 게 너무 미안하고 속상했다. 이 사람한테 세상이 진짜 너무하는 거 아닌가 싶기도 했고. 할 수만 있다면 이 너무한 세상으로부터 내가 이 사람을 지켜주고 싶었다.

그로부터 며칠 뒤, 그날은 Y가 새로운 도전을 위해 오랫동안 해 오던 일을 그만두는 날이었다. 새로운 시작을 축하해주고 싶어서 어떤 선물이 좋을까 한참을 고민하다 문득 며칠 전 함께 나눈 이야기가 생각났다. Y가 커오는 동안 무언가 새로운 도전을 할 때면 누군가가 마음 담아 축하하고 응원해줬던 적이 있었을까 싶어 축복을 가득 담은 목화 한 다발을 준비했다.

살아오느라 애썼다고 말해주고 싶었고, 바쁘고 정신없이 커오면서도 이렇게 바르고 훌륭하게 자라줘서 기특하다고도 말해주고 싶었다. 또, 나에게 파묻힐 정도의 사랑을 전해줘서 고맙다고도 말하고 싶었는데 그땐 너무 쑥스러워서 이 말을 다 표현할 길이 꽃을 건네는 방법밖에 없다고 생각했다. 마지막 근무를 마치고 나온 Y 몰래 건물 후문에 숨어있다가 그 꽃을 건네었을 때,

그리고 내가 그 꽃의 꽃말을 들려주었을 때 Y의 표정이 아직도 생생하다.

원고를 쓰고 있는 지금도 내 옆에 앉아 평화로운 토요일 오후를 보내고 있는 여전한 내 사랑하는 사람아. 매일 농담처럼 나는 너에게 "내가 지켜줄게. 걱정하지 마!!"라고 하지만 실상, 가장 뜨겁게 날 지키고 있는 너를 알아. 앞으로도 가능한 한 길게 함께 하자. 사랑한다.

*목화의 꽃말 '어머니의 사랑'

푸르른 청춘,
J와의 기록

이렇게 푸르러서 청춘인가 싶을 정도로 파랗게 반짝이는 나뭇잎 같은 아이였다. 본인의 업무도 열심히 할 뿐만 아니라 주변 친구들도 잘 챙기고, 운동도 잘하는데 재밌기도 하고 적당히 흐트러질 줄도 알아서 주변에 항상 사람이 많았던 아이. 이 정도까지만 해도 저런 캐릭터가 어디에 존재하는 것인가 의심이 들 법도 하지만 거기에 더해 심지어 예의 바르고 성격도 좋아 버렸다. 이 말도 안 되는 캐릭터가 바로 군에서 상담관으로 일할 때 만났던 병사인 J이다. 업무상 유독 마주칠 일이 많았던 J를 보며 그런 생각을 했었던 것 같다. '나중에 아들을 낳으면 딱 저렇게 컸으면 좋겠다. 저 친구 어머니는 참 아들 키우는 재미가 있었겠어.'

뭐 이런 생각들. 아무튼 몇 달 안 되는 시간이었지만 정이 참 많이 들었더랬다.

그러던 어느 날 J는 축구를 하다가 허리를 다쳤는데 꽤 심각한 상태여서 빠른 시일 내로 수술을 하고 몇 달간의 회복 시간을 가져야 했다. 계단을 오르내리는 것조차 통증이 있는 상태라 지속 복무가 어려웠기에 부대에서도 전역을 권하는 상황이었다. J는 본인은 괜찮으니 부대에서 만기 전역하고 싶다는 의사를 거듭 전했으나 상황이 좋지 않았다. 결국, 주변 지인들과 가족들의 반대가 심해 몇 달을 끌다 고집을 꺾고 사회로 돌아가기 위한 준비를 시작했다.

걱정되는 마음과 아쉬운 마음을 담아 그동안 많은 일을 도와준 이 친구를 위해 무언가 보답하고 싶어졌고, 한참 고민하다 전에 J로부터 들었던 이야기가 생각났다. 여러 힘든 여건 속에서도 반듯하게 자녀들을 길러내신 어머니를 향한 미안함과 고마움에 대한 이야기였다. 마음은 가득하지만 표현하는 게 참 어렵다는 말에서 어머니에 대한 J의 애틋함이 느껴졌다. 성공하면 꼭 어머니 호강시켜 드릴 거라는 소리를 달고 살았던 이 친구의 마음을 전달하기 위해 일종의 '가성통신문' 같은 편지를 전달해 드려야겠다고 생각했다.

[(초략)…(중략)…

업무 관계상 J와 함께할 일이 많아 오랜 시간 지켜봤는데 참 성실하고 책임감이 강하며 리더십이 있는 친구더라구요. 집에서는 귀염둥이 막내 역할을 하고 있겠지만 참 진중하고 속이 깊은 친구구나 싶었습니다. (……) J가 어머니에 대한 이야기를 할 때마다 어찌나 애정이 묻어나오던지 지켜보는 제가 다 애틋했답니다. 수술도 하고 회복도 해야 하는 과정이 남아서 돌보시는 동안 마음이 편하진 않으셨겠지만, 남들보다 조금 빨리 돌아간 만큼 조금 더 많이 함께 행복하셨으면 좋겠어요. 어머니, 오래오래 꼭 건강하시고 편안한 날들 맞이하시기 바랍니다. 감사합니다.]

존경을 눌러 담아 쓴 편지와 함께 입원하는 동안 거동이 불편해 제대로 씻지도 못할 J를 위해서 드라이 샴푸를 선물했다. 이제는 어엿한 직장인이 된 J가 앞으로 살아갈 사회는 마냥 호락호락하지는 않을 테지만, 그래도 그가 그린 꿈처럼 사랑하는 가족과 함께 자주 행복하길 바라본다.

*등장인물 보호를 위해 일정 부분 각색이 들어갔음을 알립니다.

진급을 축하하며,
H와의 기록

　군대에서 상담관으로 일할 때 친하게 지내던 대위가 있었다. 그녀는 참 올곧고 강인한 사람, 군인 그 자체의 모습이었다. 첫인상은 놀라움의 연속이었던 것 같다. 너무 곧으면 부러지기 마련이라던데 저렇게 꼿꼿하게 굴다가 혹여나 부러지면 어쩌려고 저럴까 싶은 걱정도 있었다. 하지만 알면 알수록 그 사람이 하는 모든 행동은 그럴만한 이유가 있었다. 국가를 위한 희생과 봉사하는 정신, 훈련 상황이면 당연한 듯 반납하는 개인적 시간과 자유, 맡은 바는 끝까지 이뤄내고자 몇 날 며칠을 날을 새며 결국 거머쥐고야 마는 성격은 나를 충분히 납득시킬 만했다. 더욱이 어려움을 겪는 후배와 병사들을 위해 말없이 필요한 조치를 취하는 것과 동시에 선배와 지휘관에게 아닌 건 아니라고 강단 있게 조언하는 자세까지, 이 사람 참 대단한 사람이라고 생각했다. (24시간을 어떻게 쪼개 쓰는 건지 궁금하기도 했다)

　그녀의 진급 발표 날, 괜히 더 떨려 하던 나와 달리 그녀는 종일 무관심한 표정을 유지했다. 마치 본인의 진급 발표날인 걸 아는가 싶을 정도로. 퇴근 시간 무렵 내 방으로 와서 조용히 "저 진급됐네요."라고 말할 뿐이었다. 너무 기뻐서 축하의 말을 전하는 나에게 개나 소나 다 하는 진급이라며 겸손하게 설명하는 그녀의 표정이 참 많이 지쳐 보였다. 그래, 악으로 깡으로 버텨온 인내의 시간이 오죽했으랴 싶었다. 해내 온 10년의 세월 동안 많이 지쳤는데 해나가야 할 앞으로의 10년은 또 얼마나 부담이 될까. 그녀가 지금까지 걸어온 길, 버텨온 세월에 박수를 보내주고 싶었다.

　H를 위한 진급 선물을 준비해야겠다고 생각했다. 어떤 선물이 그 지친 맘을 위로할 수 있을까, 어떤 선물이 지금까지 치열하게 살아온 세월을 보답할 수 있을까. 또 앞으로의 날들을 흔들리더라도 꺾이지 않고 나아갈 수 있을까 많이 고민했다. 그러다 그녀가 지금까지 굽히지 않고 당당히 살아올 수 있게 된 원동력이 궁금해졌다. 그리곤 문득 그녀의 이름의 뜻이 궁금했다. 그래서 물

으니 넓고 곧게 살라고 부모님이 지어주신 이름이라고 했다. (그녀의 이름이 무엇이었는지를 밝히고 싶지만 그럴 수 없어 아쉬울 뿐이다) 어쨌거나 세상에나, 이 사람이 삼십여 년간 살아온 것을 누가 옆에서 지켜보고 이름을 붙인 것처럼 찰떡인 이름이지 않은가! 이름의 뜻을 지키며 살고 있는 그녀였다. 평소 틈만 나면 쌓아놓고 책을 보던 그녀를 위해 그녀의 이름 뜻을 새긴 책갈피를 주문했고 이렇게 편지를 썼다.

개나 소나 다 하는 진급이라고 하셨지만, 개처럼 참고 소처럼 일한 H님의 지난날의 노력은 당연하지 않아요. 축하받아 마땅해요. 버티느라 고생 많았어요. 축하해요.

살면서 두고두고 기억할 순간,
연인의 아버지와의 기록

　살면서 여러 번의 죽음을 지켜보았다. 갑작스러운 죽음도 있었고 천천히 진행된 죽음도 있었다. 천천히 진행된 죽음이라고 해서 그것을 받아들이기에 충분한 시간이 주어졌다는 걸 의미할 리 없으니 모든 죽음은 평안을 뒤흔들어 놓는다.

　가장 최근 가까이서 지켜본 죽음은 3년 전 남자친구 아버지의 죽음이었다. 암 선고를 받은 날로부터 3개월 정도가 그의 가족들에게 남겨진 시간이었다. 그때는 우리가 만난 지 3개월쯤 되었었다. 하루가 다르게 야위어가는 아버지를 지켜보는 아들에게 무엇이 위로가 될 수 있을까. 그가 혼자서 오롯이 감당해내야만 하는 시간과 무게가 분명 존재했다. 이런 종류의 일은 누군가가 대신해서 도와줄 수 있는 일이 아니니까. 그런 그에게 내가 할 수 있는 게 무엇일까 고민했다. 그리곤 고심 끝에 그에게 말했다. 아버지께 인사드리고 싶다고. 우리가 훗날 어떤 사이가 되는지는 몰라도 아버지에 대해 이야기 나누고 추억을 공유할 수 있는 사람이 세상에 한 명 더 남아있으면 더 낫지 않겠나 싶었다. 그는 미안해하면서도 반가운 표정을 숨기지 못했다. "아빠가 진짜 좋아하겠다." 하며 웃었다.

 그로부터 며칠 뒤 할 수 있는 한 최대한 예쁘게 꾸미고 그의 아버지를 찾아뵀다. 최선을 다해 밝게 인사를 드렸고 도란도란 몇 개의 문장을 나누었다. 그의 아버지도 온갖 힘을 끌어모아 웃는 모습을 보여주셨다. 그 모습이 마지막 모습이었다. 나는 아직도 그의 아버지를 떠올릴 때 그 미소를 기억한다. 그리고 가끔 그에게 이렇게 말하곤 한다.

 "그때 아버님이 나한테 명문가 며느리 상이라고 하셨던 거 기억나?"
 "그러게, 우리 아빠 그 와중에 보는 눈이 있으시단 말이지."

그와 이러한 이야기를 나눌 수 있음에 감사하다.

사랑하는 사람을 다시 볼 수 없게 된다는 것은 평생을 그리움
이란 감정을 마음에 짊어진 채 걸어야 함을 의미하는 것일 테다.
그렇게 걷고 또 걷는 일에 유일한 위로는 그 기억을 함께 나누는
것이 아닐까. 함께 식사라도 할 수 있는 시간이 있었다면, 조금
더 대화를 나눌 수 있었다면 그의 아버지는 나에게 무슨 이야기
를 해주셨을까 하는 아쉬움이 여전히 남지만, 그 아쉬움 또한 그
와 함께 할 수 있어 참 다행이다.

a day for me ....

"아빠가 너 칭찬 엄청 하더라."

"뭐라고 하셨는데?"

"귀엽고 예쁘다고. 요즘 애들 같지 않대.

명문가 며느리 할 상이라고 하시던데?"

"아버님 사람 보는 눈이 있으시네 정말ㅎㅎ"

"그러게 말이야."

　　　　살면서 두고두고 기억할 순간, 연인의 아버지와의 기록

멋있게 돈 쓰는 법,
A와의 기록

돈을 멋있게 쓰는 사람에 대한 강렬한 기억이 하나 있다. 때는 바야흐로 유럽 여행 중이던 어느 여름날이었다. 앞에서도 잠깐 소개했지만, 크로아티아에서 슬로베니아로 넘어가던 중 '소매 1급 자격증' 보유자의 현란하고 유려한 스킬로 인해 가난한 배낭 여행자의 피 같은 돈이 떠나가 버렸고 그때 입은 멘탈의 데미지가 결코 작지 않았다. 어찌어찌 회복 중이기는 하였으나 여전히 속상한 마음을 이겨내는 중이었다.

그 일이 있고 난 후 이틀 정도 지나 다른 도시로 이동하는 기차 안에서 한국에 있는 친한 친구 A에게 연락해 이 사건을 털어놓았다. 무너진 멘탈을 겨우 세워가며 짐짓 밝은 척 과장되고 재미있게 이야기했다. 내 이야기를 잠자코 듣던 A는 사건의 개요에 대해 한두 마디 추가 질문을 하였고, 곧이어 메시지 하나를 보냈다. 그리고 나는 A의 메시지에 벅찬 감동을 받았다.

[돈 필요하면 말해. 최대 50 가능해.]

근 10년간 들은 모든 말 중에 가장 멋있는 말이었다. 지금까지도 그날의 기분이 느껴질 정도로 A의 메시지는 임펙트 있었다. 그 돈을 받을 생각도 없었고 받지도 않았지만, 그 한마디가 그렇게 든든하고 고마울 수가 없었다. 심지어 A는 그 당시 직장인이 아니었고 대학원생이었기 때문에 나보다 돈이 필요하면 더 필요한 상황이었을 것이다. 넉넉하고 여유가 있던 상황이 아니었다는 걸 너무나 잘 알고 있어서 50만 원이라는 액수가 나에게 의미하는 바는 실로 엄청났다. 사람이 어려울 때 도움받았던 일은 이렇게도 마음에 깊게 새겨지는가 보다. A의 쿨한 한마디 덕분에 돈을 많이 벌리라 다짐했다. 나 역시 나의 소중한 사람이 어려움을 겪을 때 든든한 그 한마디를 건네줄 수 있는 사람이 되고 싶으므로. 어쨌든 그날 A의 한마디는 여전히 열심히 살아야겠다는 나의 다짐에 강력한 동기가 되곤 한다.

얼마 전 A와 그때의 이야기를 나누면서 감동했다고 하니 "어? 나 좀 멋있었네?"라는 한마디하고 만다. 잊고 있었다니 그것도 너무 멋있잖아!

언제나 내 편,
B와의 기록

B언니는 여러모로 재밌는 사람이다.

이 책의 뒷부분에 등장할 꿀이의 엄마이기도 하다.

• 첫인상은 어마어마하게 사납지만 자기 사람들에게는 어마어마하게 다정하다.

• 센 척은 혼자 다 하는데 마음이 말도 못 하게 여리다.

• 친구들의 온갖 작은 경조사를 다 챙긴다.

• 통화할 땐 하고 싶은 이야기가 어쩌나 많은지 1초도 비는 틈이 없다.

• 우리가 만나면 그냥 서로 할 말만 계속하는데 그게 너무 웃

기다.

- 언니와 내가 한창 젊고 소화를 잘 시켰을 땐 밥집으로만 3차를 간 적이 있다.

- 사람은 좌우지간 자기 필요한 걸 사서 써야 한다며 생일 때마다 그렇게 상품권을 보낸다.

- 형부랑 투닥거리면서 맛있는 것만 보면 형부 준다고 싸 간다.

- 예전 3년간 다니던 회사를 퇴사했을 때 [고생 많았어. 너 만났던 내담자들 복 받았었다. 마무리 잘해.]라고 언니가 보내준 메시지를 아직도 저장해두었다가 가끔 보곤 한다.

- 남자친구를 처음 소개해 준 날 친정 언니처럼 앉아있던 포즈가 아직도 기억난다.

- "언니는 언제나 네 편이니까. 알겠냐?"하는 소리를 술을 안 마시고도 종종 한다. 그 소리를 들을 때마다 나는 몹시도 든든해진다.

- 나한테 안 좋은 일이 있을 땐 혼자 제일 마음 아파하고 좋은 일이 생겼을 땐 함께 소리를 지르며 기뻐한다. 매번 그 명목으로 파티를 열어야 한다고 한다.

- 수박을 엄청 좋아한다. 여름이 오면 한 통 사줘야겠다.

- 언니는 칭찬 듣는 걸 못 견뎌 한다. 칭찬 들으면 두드러기가 나는 사람 같다.

• 매번 나한테 어머니, 아버지에게 잘하라고 한다. 나는 잘 못한 것도 없는데 매번 그 소리를 들으며 혼난다. 이상한 일이다.

• 나도 이제 늙었는데 언니는 자꾸 나한테 전화해서 핫플이 어디냐고 묻는다. 그러면 나는 또 못이기는 척 열심히 찾아서 몇군데 보내준다. 그러고선 딴 데를 간다. 이상한 일이다. 그래도 언니가 좋아하니까 손가락이 움직이는 한 계속 찾아서 보내줄 생각이다.

영원한 나의 슈퍼맨,
아빠와의 기록2

　청소년 상담을 할 때 가장 많이 보고 느낀 것이 있다. 바로, 집이라는 공간을 '결국에는 내가 돌아갈 곳'이라고 믿는 아이들은 남들보다 조금 더 터프한 사춘기를 보내더라도 크게 엇나가지 않고 일상을 빨리 회복한다는 것이다. 부모님과의 관계도 마찬가지다. 지지고 볶고 어찌어찌해도 나에게 무슨 일이 생겼을 때 결국에는 내 옆에 남아줄 사람이라는 믿음이 있다면 그 아이는 아무리 사고를 쳐도 돌아올 수 없는 길을 건너지는 않는다.

　그런 믿음을 만드는 건 여러 가지 요인이 있지만 결국에는 사랑이라고 생각한다. 표현하는 방식까지 완벽하다면 더할 나위 없겠지만 표현이 조금은 서툴더라도 사랑이 가득하다면 어떤 방식으로든 전해지게 된다고 믿는다. 우리 아빠가 그런 사람이다. 어렸을 때부터 내가 나 예쁘냐고 물어보면 단 한 번도 순순히 그렇다고 대답한 적이 없다. 뭔가를 잘해서 상장을 받아오면 "다 주는 거지?" 하지를 않나, 큰맘 먹고 아빠에게 비싼 옷을 사다 주면서 이거 비싼 거라고 하면 "3만 원??"이라고 하지를 않나. 아무튼 아빠는 다정한 멘트를 건네는 그런 사람이 아니다. 그럼에도 불구하고 나는 아빠가 나를 사랑한다는 사실에 의심을 품어본 적이 없다. 살면서 나도 그게 참 궁금했다. 애정 표현을 많이 들으면서 자라지 않았는데 왜 그렇게 강한 믿음이 있는 걸까. 그러던 어느 날, 우연히 어린 시절 사진 몇 장을 보다가 그곳에서 답을 찾을 수 있었다. 아주 어린 아이였을 때부터 유치원 시절, 초등학교 시절까지의 사진들 속에 나를 바라보고 있는 아빠의 눈빛. 그 눈빛은 세상 그 어떤 몹쓸 것들로부터 나와 동생을 지켜낼 것이라는, 강력한 사랑이 느껴지는 그 무엇이었다. 그 사진을 보며 '나는 어떤 한 사람이 모든 것을 걸고 지켜낸 아이.'라는 생각이 들었다. 그리곤 스스로를 참 귀한 사람이라 여기고 싶어졌다. 사랑이 차올랐다.

아빠는 평소에는 한 성격 하는 다혈질이지만 나와 동생에게 문제가 생기거나 큰일이 생겼을 땐 오히려 차분해지고 감정동요를 크게 보이지 않는다. 운전 중 처음으로 사고가 났을 때도 가장 먼저 아빠에게 전화했는데 이상하리만치 차분하게 나를 진정시키고 어떻게 일 처리를 해야 하는지 알려주었다. 이런 경험들이 몇 번 쌓이다 보니 나에게 어떤 문제가 생기거나 의논해야 할 일이 생기면 숨기지 않고 당연히 아빠를 찾게 된다. 아빠와 엄마는 나에게 어떤 일이 생겨도, 어떤 모습이어도 돌아가 쉴 수 있는 자리이다.

몇 년 전, 온 가족이 마트에서 장을 보다 과일 코너에서 한 할아버지와 그의 아들의 대화를 듣게 됐다. 아들이 할아버지에게 "아버지, 자두 드실래요? 복숭아 드실래요?"하고 묻고 있었다. 그 곁을 지나며 아빠는 나와 동생에게 이렇게 말했다.

"나중에 나 늙어서 너희가 아빠, 이거 먹을래요? 저거 먹을래요? 하고 물을 때 내가 아무 대답 안 하거든 일일이 물어보지 말고 그냥 두 개 다 사줘라. 내가 어련히 알아서 맛있으면 먹고 맛없으면 남길 테니까. 나 눈치 보게 만들지 말고."

온 가족이 아빠의 말에 빵 터졌다. 아빠가 늙는 건 싫지만 늙어야만 한다면 저렇게 당당하고 멋진 할아버지가 되었으면 좋겠다. 그러면 좀 덜 속상하겠다 싶다.

아빠, '묻지 말고 두 개 다.' 꼭 기억할게요!

잊지 않았으면 해서 남기는,
나에 대한 기록2

지금보다 조금 더 가벼운 나이를 가진 시절, 나는 '시간을 내어 준다'라는 것의 무거움을 잘 알지 못했다. 그때엔 시간이란 게 내가 가진 여러 가지 것 중 가장 풍족한 것이어서 여기저기 물 쓰듯 써도 부족한 줄 몰랐던 것 같다.

대학 시절 사귀던 남자친구와 헤어졌다는 내 전화를 받고 "그래서 너 어딘데? 저녁에 보자." 하며 만나러 와주던 친구들과 시험에 합격했을 때 축하한다며 밥을 사주던 선배들의 시간이 결코 당연하지 않다는 것을 이제는 안다.

첫 직장을 퇴사하기로 마음먹고 사직서를 낸 후 주변 동료들에게 알렸을 때 내 퇴사 파티는 거짓말 조금 보태 한 달 내내 치러졌다. 가깝던 동료들과의 밥자리 술자리는 물론이고 가벼운 대화 정도만 나누던 동료들과의 커피타임까지 꽤 오랫동안 이어졌다. 그 긴 여정을 보내던 중 문득 이 사람들은 나랑 헤어지는 마당에 왜 이렇게까지 본인들의 시간과 에너지를 기꺼이 내어주는 건가 하는 의문이 들었다. 누군가와 밥 한 끼 먹는 건 꽤 많은 에너지가 필요하기에 결코 쉬운 일이라 볼 수는 없으니 말이다. 그 경험을 통해 '시간을 내어주는 일'의 무게를 실감했다.

우리는 점점 바쁜 삶을 살아가고 있다. 대부분은 직장에서 진이 빠지도록 일하며 시간을 보내기에 스스로를 돌아볼 시간이 없다. 이러한 생활이 반복되다 보면 개인적인 일정을 뒤로 하고 지인들의 경조사에 참석해 자리를 채우는 일, 오래간만에 온 가족이 모여 저녁 식사 시간에 참석하는 일, 그것도 아니라면 문득 생각나는 친구에게 거는 안부 전화조차 쉽지 않게 된다. 이와 같은 것들은 실로 귀한 것들인데 말이다.

상대의 시간을 요구할 수 있는 관계는 늘 안정감을 준다. 아주 힘든 하루를 보냈거나 누구라도 붙잡고 자랑하고 싶은 일이 있을 때 쉬이 연락할 수 있는 사람이 있다는 건 대단한 위로가 된다. 좋아하는 책 『힘 빼기의 기술』에는 '친구들은 사회적, 정서적 안전망'이라는 멋진 표현이 나온다. 덧붙여 나오는 '인생은 누군가와 조금씩 기대어 살 때 더 살 만해진다는 것'이라는 문장 밑에도 연필로 조용히 줄을 그었다. 나는 그 안전망 어디쯤에 서 있다.

나의 여행 메이트,
S 그리고 K와의 기록

크로아티아 여행 중 자그레브라는 도시의 같은 숙소, 도미토리에 들어오던 S와 K를 봤을 때 어딘가 낯이 익었다. 알고 보니 헝가리에서의 마지막 날, 같은 숙소에 머물렀던 이들이었다. 그들이 저녁 느지막이 들어왔고, 그래서 길게 마주칠 일이 없어 얼굴을 확실히 익히지 못했지만 알아볼 수 있었다. 스치듯 본 얼굴이지만 이 머나먼 타국에서 한국 사람을 국경을 넘어가는 여정에서 연속적으로 마주친다는 것은 흔치 않은 일이기에 더없이 반가웠다. 그렇게 우리는 격하게 서로의 신상을 공유했다. 나와 동갑인 S와 한 살 언니인 K. 정신연령은 우리 중 S가 단연 가장 높아 보였고 나는 중간쯤 되는 것 같았다. K도 이 말엔 동의할 수밖에 없을 것이다. 자연스럽게 S는 뭐랄까, 우리의 리더가 되었다.

곁에서 지켜본 S와 K는 말 그대로 불과 물 같은 조합이었다. S는 꼼꼼하게 일정을 짜며 모든 예약을 도맡아 하였고 청결을 아주 중요하게 생각하였으며 잠귀가 예민하여 늘 이어플러그를 꽂고 자는 사람이었다. 반면 K는 어딜 가든 상관없고 무얼 먹어도 상관없으나 밥만 잘 먹여주면 그걸로 굉장히 좋은 기분을 유지하는 사람이었다. 여행 중 S의 핸드폰 액정이 바사삭 깨진 참혹한 상황에서도 울고 있는 그녀의 모습을 사진으로 남기는 여유가 넘치는 사람. 다른 듯한 둘이지만 불과 물이 모여 적정한 온도가 유지되는 건가 싶기도 했다.

자그레브에서 이틀을 함께 다니고 또 며칠을 떨어져 여행하다 스플리트에서 또 하루를 함께 보냈다. 결과적으로 우리가 함께 보낸 시간은 삼일 남짓한 시간이었는데, 짧은 시간에 비해 우린 급속도로 가까워졌다. 헤어지기 아쉬웠지만, 나에게는 아직 많은 여정이 남아있었고 S와 K는 곧 귀국해야 했기에 이제는 정말 작별의 시간을 가져야만 했다. 마지막으로 그들의 숙소에 놀러

가 그들이 짐 챙기는 걸 보고 있는데 갑자기 S가 봉지 가득 무언가를 담아 나에게 건넸다. 얼떨결에 받아서 들고 이게 뭐냐고 물으니 따뜻한 물에 타 먹는 미소스프, 그리고 갖가지 영양제와 비상약들이었다. 간호사인 S를 보며 '오 역시 간호사라 온갖 약을 꼼꼼하게도 들고 다니네…. 일종의 직업병 같은 건가.'하고 생각했지만, 또 다른 간호사인 K는 "난 그런 거 한 톨도 안 가지고 다녀."라며 해사하게 웃었기 때문에 직업의 문제는 아닌 걸로 결론 내렸다. 여행지에서 스치듯 알게 된 친구의 남은 여정을 걱정하며 뭔가 더 줄 게 없나를 한참이나 고민하던 S와 마음 한가득 걱정 어린 시선을 보내던 K를 보며 내가 꼭 이어가야 할 인연이라고 생각했다. 그런 다정함에 빠지는 건 답도 없으니까. "이 약은 어떨 때 먹는 거구, 이건 언제 먹으면 되구." 하나하나 꼼꼼하게 설명하는 S에게 우리 꼭 한국 가서 또 보자고, 그때 또 함께 여행 다니자고 말했다. 둘은 웃으며 꼭 그러자고 했다.

보통은 이렇게 마무리되는 이야기들이 많다. 여행지에서 만난 인연이 일상으로 돌아왔을 때도 계속 유지되는 것은 그리 흔한 일이 아니기 때문에. 실은, 아주 많은 노력을 필요로 하는 일이기 때문에. 그러나 우리는 그러한 노력이 필요하지 않았다. 몇 개월 후 내가 귀국하였고 우리는 자연스레 연락을 이어갔으며 그 뒤로 제천과 거제도를 함께 여행했다. 여전히 주로 혼내는 쪽은 S고 혼나는 쪽은 K이며 그 둘을 지켜보며 웃어대는 건 나다.

관계는 노력해야 이어지는 것,
P와의 기록

  1년에 두 번 생각나는 사람이 있다. 그 두 번은 설날과 추석이다. 그날만 되면 어김없이 연락해 오는 사람이 바로 P다. 후배인 P는 학교를 졸업한 지 어언 10여 년이 되어가는 지금까지 단한 번의 명절도 빼놓지 않고 연락을 해왔다. 심지어 우리는 졸업 후 지금까지 통틀어서 다섯 번도 만나지 않았다. 그것도 우연히 만나게 된 것까지 포함. 이쯤 되면 대단히 기수 차이가 크게 나는 선배를 깍듯이 모시는 후배의 모습이 그려지거나 엄했던 선배의 잡도리에 오랜 시간 길들여진 게 아닌가 하는 의심이 들 법도 하지만 우리는 그런 사이가 아니다. (물론 그녀의 생각은 다를 수도 있겠지만…?)

2022년 올해도 어김없이 그녀에게 메시지가 왔다.

[언니! 저 P입니다! 오랜만에 연락드려요^^ 잘 지내고 계시죠? 시간이 벌써 2022년이네요ㅠㅠ 2021년 마무리는 잘하셨나요? 한 살 한 살 나이를 먹어갈수록 건강이 제일 중요한 것 같더라구요ㅠㅠ 올 한 해는 아프지 않고, 건강 잘 챙기세요^^ 계획하신 일 다 잘되길 바라고 즐거운 순간이 많은 2022년 보내시길 바랄게요! 새해 복 많이 받으세용 언니♡]

매해 여기서 크게 벗어나지 않는 내용이다. 그런데도 메시지를 받을 때마다 반가운 마음에 미소가 지어진다. '그래. 너의 연락이 오는 거 보니 올해도 어김없이 새해가 온 게 맞구나.' 하는 생각이 든다. 그리고 참 고맙다. 무슨 생각으로 이리 오랜 시간 안부를 물어주는지. 한쪽에서 놓아버리면 마치 원래 아무것도 없었다는 듯이 사라져버리는 게 사람과 사람 사이의 관계인데, P는 늘 나와의 관계를 놓지 않고 있었다. 관계를 이어 나가기 위해 이 아이가 무던히도 애를 써주고 있다는 생각이 요즘 들어 부쩍 든다. 덕분에 우리는 지금까지도 이어져 있다. 어디에서 무엇을 하든 온 마음을 다해 응원하는 사이로. 그냥 유지되는 관계는 없다. 올 추석엔 꼭 내가 먼저 너에게 닿으리라 다짐해본다.

가까운 사이라면,
A와의 기록

대학 4년을 거의 매일 붙어 다니다시피 한 친구들이 있다. 지금까지도 가장 친한 친구들이다. 우리는 서로의 형제, 부모, 사돈의 팔촌 행사까지도 나누고 챙겼으며 쑥스러울 때 어떤 표정을 짓는지, 어떤 걸 두려워하는지, 감추고 싶은 비밀은 무엇인지까지 모두 아는 사이이다. 가장 가깝고, 가장 편하고, 가장 의지하는 그런 관계. 대학 졸업 후 우리는 각자 다음 단계를 걸었다. 대학원에 다니기도 했고 취업해서 일을 먼저 시작한 친구도 있었다. 그럼에도 예전처럼은 아니지만 우리는 종종 아침부터 저녁까지 이어지는 카톡으로 서로의 근황을 공유하곤 했다. 그러던 어느 날이었다. 필요한 전공 책이 있었는데 보이지 않아 친구 A에게 연락해 빌릴 수 있겠느냐고 물었다. A는 흔쾌히 알겠다고 답했고 나는 다음에 만날 때 가져다 달라고 말했다. 그리고 몇 분 뒤, A로부터 카톡이 하나 왔다.

[예슬아, 이 책 빌려주는 거 당연한 거 아니야. 네가 당연하게 생각하는 거 같아서. 고맙다는 말 한마디 정도는 해야 한다고 생각해. 가까운 사이일수록.]

메시지를 읽고 얼굴이 화끈거렸다. 창피해서 어디론가 숨고 싶었다. 처음엔 솔직히 화도 났다. 이깟 책 하나 가지고 '우리 사이에' 그렇게 말할 일인가 싶었으므로. 하지만 곱씹을수록 구구절절 맞는 말이어서 민망하고 미안했다. 곧바로 사과했다. 우리가 너무 가깝고 익숙한 사이라 표현하는 것에 세심하게 신경 쓰지 못했노라 했다. 그렇게 한 번씩 주고받은 메시지 이후 우리는 다시 일상으로 돌아왔다. 오늘 하루 있었던 일과 농담을 주고받으며 서로의 안부를 물었다. 마치 아무 일도 없었던 것처럼. 마음이 불편해도 주로 참는 쪽이었던 나는, 애써 피해왔던 갈등이라는 것은 잘 다루어진다면 오히려 관계를 단단하게 만들어 주기도 함을 경험했다. 말하지 않으면 알 수가 없고, 이해하려 하지 않으면 이해할 수 없다는 것도.

언제나 그 자리에 나무처럼,
H와의 기록

  가장 친한 친구 중 한 명인 H는 정말 나무 같은 아이다. 늘 한결같이 그 자리에 묵묵히 서서 자리를 지키는 그런 아이. 호불호가 강해 마음에 안 맞는 사람은 두 번 보지도 않지만 가까운 사람 앞에서는 세상에서 제일 귀여워지는 아이. 연애 프로그램을 즐겨 보는데 TV를 보는 것보다 H에게서 이야기를 전해 듣는 게 훨씬 더 재밌는, 흡입력이 있는 말솜씨를 가진 아이. 꾸준하고 성실하다는 말을 싫어하지만 어쩔 수 없이 꾸준하고 성실한 아이. "공부하기 싫어 죽겠다." 하면서 매일 매일 공부하러 가는 아이. 자격증 시험을 앞두고 "아, 모르겠어. 그냥 해야 하니까 하는 거지."

하면서 모든 시험을 1차로 합격하는 아이. 그냥 하는 말도 아니고, 잘난 척하는 건 더더욱 아니고 정말 공부하기를 싫어하고 놀러 다니는 걸 좋아하는데 '해야 하는 일'은 '해야 하니까' 하다 보니 차근차근 성장하고 나아가는 아이. 그린데도 꾸준하고 성실하다는 이야기를 싫어하는 아이. 우리가 어렸을 때부터 쭉 어른스러웠던 아이. H는 늘 그 자리를 지켜주는 일상 같은 친구다.

H와 있었던 일 중 가장 강렬하게 기억하는 일은 2014년에 일어났던 일이다. '사고뭉치'라는 이름으로 가장 가깝게 지내던 친구가 나를 포함해서 네 명이 있었는데 그중 한 친구와 사이가 크게 틀어진 적이 있었다. 그 친구가 바로 나에게 운전 연수를 시켜준 친구 K이다. 결론적으로는 우리는 너무 어렸고, 약했고, 서로 간에 겹겹이 쌓인 오해로 인해 잠시 멀어졌던 거였지만 당시에는 꽤나 심각한 갈등을 겪었다. 차라리 치고받고 싸우기라도 했으면 허심탄회하게 속 이야기라도 했을 텐데 당시에 나는 겁이 났고, 문제를 마주할 용기가 없었다. 어쩌면 그것이 K를 더 답답하게 만들었을지도 모를 일이다. 그러던 어느 날, H와 다른 친구가 나를 찾아왔고 어떻게 된 상황인지 자초지종을 물었다. 이러저러한 상황이라고 설명하니 H는 그저 듣고만 있을 뿐 이렇다 할 특별한 반응을 보이지 않았다. 크게 호들갑을 떠는 것도 아니었

고 그렇다고 맞장구를 치며 함께 K를 욕하지도 않았다. 내심 섭섭함을 느꼈던 나는 "K 만나고 왔다면서. K는 뭐래?" 하고 물었다. H는 "K도 K 사정이 있겠지. 근데 그건 내가 전달할 이야기는 아닌 것 같아. 둘이 대화할 문제지. 둘 사이에서 왔다 갔다 말 전달하는 것도 아닌 거 같고."라고 말했다.

 그 말을 듣는 순간에는 얼마나 서운했는지. 내심 H가 나와 더 가깝다는 믿음을 가지고 있었기 때문이었을지도 모른다. 그러나 그날, 집에 돌아가며 그 말을 곱씹어보니 참 H답다는 생각이 들었다. 또한 나한테 K의 이야기를 전달하지 않는 것처럼 또 다른 누군가에게 내 이야기를 전달하지도 않겠구나, 하는 단단한 믿음이 생겼다. 나를 걱정하는 만큼 K도 걱정하고 있다는 생각이 드니 오히려 든든해졌다. 우리 사이에 보이지 않는 여전한 유대가 있구나 싶었다. 고마웠다. 중심을 잡아주는 그런 친구가 있어서. 그 뒤로 K와의 관계는 조금씩 회복되었다. 어떻게 화해했는지도 사실 기억 나지 않는다. '칼로 물 베기' 같은 그런 자연스러운 회복이 아니었다 싶기도 하다. 확실한 건 그렇게 될 수 있었던 건 묵묵히 자리를 지켜줬던 H를 비롯한 다른 두 친구 덕분이라고 생각한다.

며칠 전, H의 청첩장을 받기 위해 사고뭉치가 다시 모였다. 청첩장을 받고는 "H야, 잘 살아."하는데 울컥 눈물이 터졌다. 말로 다 할 수 없는 복잡한 기분이 들었다. 이 이 자리를 빌려 다시 한 번 전하고 싶다.

H야, 결혼 축하해.

나도 언제까지나 네 옆을 지키는 사람으로 남을 거야.

잊지 않았으면 해서 남기는,
나에 대한 기록3

자애 명상이라는 것이 있다. 네이버 지식백과 상담학 사전의 정의를 인용하자면 이는, 살아 있는 모든 생명이 행복하고, 안락하며 편안해지기를 바라는 마음을 갖도록 하는 정신적 훈련을 뜻한다. 이 자애 명상은 마음을 흔들어 놓는 여러 가지 부정적 정서 중 특히 분노라는 정서를 다루는 데 쓰이는 훈련이다. 심리상담을 직업으로 삼는 만큼 자애 명상은 익숙한 것이었지만 깊게 배워볼 기회는 없었는데 반년 전쯤 아주 우연한 기회로 교육에 참여할 수 있었다. 참여해보니 명상은 생각보다 아주 역동적인 활동이었다. 몸은 옴짝달싹 못 한 채로 삼십 분이고, 한 시간이고 앉아서 수련하는 것이 기본이지만 어느 정도 익숙해지면 출근하러 걸어 다니면서도, 잠들기 전 누워서도 연습할 수 있는 활동이니 말이다.

보통 명상할 땐 머리가 너무 바쁘다. 인간이 이 짧은 시간에 이렇게나 많은 생각을 할 수 있음에 매일 놀라게 되는 시간이다. 생각이 흘러가면 '생각이 흘러가고 있구나.'를 알아채고 다시 제자리로 돌아와야 한다. 잠깐 정신을 놓으면 '아, 다리가 뻐근하네 → 그러고 보니까 페디큐어 해야 하는데 → 가을이니까 가을 색으로 해야겠다 → 벌써 가을이야???! 한 살 더 먹는 거야???? → 곧 있으면 내년 연간 업무계획서 써야 하는데 → 내년엔 무슨 일을 하며 살고 있을까…'와 같은 식으로, 다리에서 시작해 내년에 살고 있는 나를 발견하게 된다. 그래서 생각을 제자리로 돌려놓는 연습이 내게는 많은 도움이 되었다.

이런 식으로 흘러가는 생각을 다시 다잡고 '행복과 평화'에 집중시킨다. 자애 명상 수련을 하게 되면 가장 많이 입 밖으로 내뱉게 되는 단어가 행복과 평화다. 나를 위한 행복과 평화를 바라고, 가까운 지인들을 위한 행복과 평화를 바라고, 더 나아가 불특정 다수의 행복과 평화를 바라는 연습을 하게 된다. 이 과정을 쭉 따라가던 어느 날이었다. 그날은 가까운 지인 중 한 명을 떠올리며 그 사람을 위한 행복과 평화를 바라는 자애 명상을 수련하는 날이었는데, 나는 가장 가까운 친구 중 한 명을 떠올리며 명상을 하고 있었다. 한 십 분쯤 지났을까. 갑자기 가슴이 벅차고 목이 메더니 왈칵 눈물이 나기 시작했다. 감고 있는 눈 사이로 물줄기가 끊임없이 지나갔다. 너무 간절했다. 그 친구가 자주 행복했으면, 더 자주 편안했으면 하는 마음이 소망처럼 둥둥 떠다녔다. 다시 생각해도 참 이상한 경험이었다. 누군가의 행복과 평화를 온 마음 다해 진심으로 바라보는 경험은 처음이었다.

처음 명상 연습을 시작할 때까지만 해도 이 행위가 가져다주는 효과에 대해 반신반의하는 마음이 있었다. 고작 이런 말들을 되뇌는 행위가 뭐 얼마나 도움이 되겠나 싶었다. 이 글을 읽는 누군가도 분명 나와 같은 생각을 할 것이라 생각한다. 뭔가 낯설고 어떻게 보면 종교적인 행위처럼 느껴지는 부분도 있어서 불편할 수도 있다. 내가 그랬으니까. 하지만 모든 수련 과정이 끝날 때쯤 느낀 건 내가 지구상에 있는 많은 생명체와 유기적으로 연결되어 있다고 느껴지는 사회적인 연결감 같은 것이었다. 내가 나인 채로 여기 있다는 건 그들과 수많은 무언가를 주고받았던 것의 결과물이라는 것. 그렇기에 지구에 조금 더 보탬이 되는 삶을 살아야겠다는 다짐 같은 것들이 생겨났다.

　물론 지금도 미운 사람이야 있고 불쑥불쑥 화도 나고 욕도 한다.(운전 중엔 특히 더…) 사람이 뭐 하루아침에 변하겠느냐만 그래도 이제는 내 기분을 좀 더 빠르게 자각하고 원래의 자리로 돌아올 수 있다. 그것으로 아주 만족한다. 나에겐 특별한 경험이었으니 추천하는 바이나 반드시 자격과 실력을 제대로 갖춘 곳에서 수련하시길 권한다. 무엇보다 이 글을 읽는 여러분이 행복하고 평화롭기를 진심으로 바라고 또 바라본다.

평화를 말하는 사람,
W와의 기록

　작년 이맘때쯤, 오랜 시간 지속된 거리두기로 인해 운동과는 담을 쌓고 살다 몸이 계속 찌뿌둥하여 뭐 할 만한 운동이 없나 알아보던 차에 요가를 시작했다. 원래 요가 같은 정적인 운동을 선호하는 편은 아니지만(알고 보니 요가는 전혀 정적이지 않았지만 말이다) 헬스처럼 거친 숨이 오가는 운동은 시기상 아무래도 좀 부담스럽기에 요가에 도전해 보기로 했다. 소규모로 인원을 제한한다는 것도 선택하게 된 큰 이유 중 하나였다. 처음 요가원에 방문했을 때, 디즈니 알라딘에 나오는 자스민 같은 W선생님이 나를 맞이

했다. 단단한 에너지가 느껴지는 사람이었다. 입 밖으로는 어찌
나 아름다운 말만 내뱉는지 W라는 사람이 가진 매력적인 아우
라에 단번에 반해버렸다. 여기엔 W선생님의 명상록과 수련 중
자주 남겼던 말에 대해 적어볼까 한다.

[매해 여름 '어떻게 더위를 이겨낼까?'라며 고민했지만, 올여름
에는 '어떻게 더위와 친해질까?'라는 고민을 해봅니다. 이겨내고,
극복하고, 싸우고 우리는 왜 자꾸 삶을 전쟁터로 만드는지 모르
겠습니다. 이겨낼지 친해질지 선택은 자신의 몫입니다. 세상을
전쟁터로 만들지 꽃밭으로 만들지는 자신의 선택입니다.]

- SNS에 남긴 명상록 중 일부

[나를 불편하게 하는 것들을 사랑해야 해요. 지금 우리에게 꼭
필요한 것일 수 있어요.]

[욕심내지 않아도 돼요. 할 수 있는 만큼만 하세요. 열심히 하려
고 하지 마세요. 오늘은 힘을 빼는 법을 알아가는 시간이에요.]

[숨을 쉬세요. 제발 숨을 쉬세요!]

[오늘도 함께 나눠주신 귀한 숨과 에너지 참 감사합니다.]

[옴 샨티 옴. (모든 존재에게 평화를)]

- 수련 중 대화의 일부

요가를 하다 보면 어느 날은 숨 하나도 제대로 못 쉬는 내가 되었다가 어느 날은 또 일부러 애쓰지 않아도 되는 내가 된다. 많은 것이 인생과 같다고 비유되지만, 요가야말로 정말 인생 같다는 생각을 종종 한다. 특히나 선생님을 볼 때 더 그렇게 느낀다. W선생님이 갖는 에너지는 날 때부터 거저 얻어진 것이 아니다. 끊임없이 앓고, 돌아보고, 수련하고, 나아가며 쌓은 것이라는 걸 선생님의 이야기를 들으면 알 수 있다. 그녀는 과장되게 고요하거나 깊이 있는 사람처럼 보이려 애쓰지 않는다. 잘 웃고 잘 듣는 일상에 발 디디며 서 있다. 한참을 비워내고 그곳을 좋은 것들로 잔뜩 채워서 주변 사람들에게 나누려 애쓴다. 그래서 그곳엔 언제나 사랑이 있다.

"내 옆의 누군가와 어제의 나를 비교하는 것을 멈추고

오늘 매트 위의 날마다 새로운 나를 만날 수 있기를 바랍니다.

매일 같은 것을 반복하는 것 같지만, 사실 우리는 늘 새로운 날을

맞이하고 있듯이. 매일 반복되는 일상은 세상 어디에도 없습니다.

과정을 즐겨주세요. 삶의 여정을 깊게 음미해 보세요.

오늘의 새로운, 큰사랑을 보내드려요! 늘 사랑에 존재하세요."

RE: 사랑에 존재하라니. 멋져라. 정말!

평화를 말하는 사람, W와의 기록

너에겐 다 주고 싶어,
꿀이와의 기록

꿀이는 친한 B언니의 아들이자, 내가 세상에서 가장 사랑하는 어린아이기도 하다. 꿀이는 언니가 꿀이를 가졌을 때 내가 지은 태명이다. 돼지꿈을 꾸었다고 해서 꿀꿀이의 꿀과 꿀처럼 달콤한 아이로 자라란 의미를 담아 지었다. 다행히 언니가 좋아해 줘서 그렇게 우리 '꿀이'라는 태명이 탄생하였다. 배 속에 있을 때부터 알던 사이라 그런지 막 태어나서 오만 인상을 다 쓰고 있어도 나는 이 친구가 좋았다. 한 살, 두 살, 세 살, 네 살, 다섯 살. 나이를 먹고 말을 하게 되면서 갈수록 언니는 더 힘들어하지만 꿀이는 그만큼 날로 예뻐져만 간다. 영상통화 할 때마다 내 말투는 유치원생이 되어가고 입꼬리는 하늘 높은 줄 모르고 솟아난다.

예전에 한 번 공룡 모양의 타투 스티커를 사가서 꿀이의 팔에 붙여준 적이 있었는데, 그 길로 어린이집에서 슈퍼인싸가 되었다고 한다. 그 뒤로 꿀이는 나를 공룡 이모라고 불렀다. 누군가한테 공룡 소리를 들으며 기뻐할 일이 있을 거라고 평생 생각지도 못했지만, 나와의 추억을 카테고리화 시켜 이름을 붙여줬다는 것만으로 말도 못 하게 좋았다.

얼마 전 포켓몬 빵 대란 때 어렵게 구한 띠부띠부씰 몇 개를 영상통화로 보여주면서 "꿀아, 포켓몬 알아? 이모가 스티커 줄까 하는데." 했더니 포켓몬 잘 알지도 못하는 녀석이 "근데요, 있잖아요. 이모, 저는 원래부터 포켓몬 좋아했어요."라고 말하는 게 또 어찌나 사랑스럽던지! 포켓몬 스티커를 전해 주러 꿀이네 집에 갔을 때는 현관에서 인사하자마자 보여줄 게 있다며 자기 방으로 나를 끌고 갔다. 그리곤 "이모 있잖아요. 지금 장난감 정리 중인데 엄마가 이거 정리 안 하면 간식 안 준대요."하며 속닥거리는 게 아닌가! 이건 실로 대단한 일이다. 뭔가 우리 둘 사이에 엄청난 비밀 이야기를 나눈 듯 강력한 유대감이 샘솟았기 때문에. 그로부터 한 달 후, 코로나 확진으로 고생했던 꿀이에게 맛있는 걸 먹이고 싶어서 한 시간 웨이팅 하며 사 온 유명 브랜드의 도넛을 현관문 앞에 걸어두고 왔는데 그걸 본 꿀이의 말이 내 마음을 또 간지럽게 했다.

"엄마! 이건 도넛이 아니에요! 가운데가 안 뚫려있거든요!"

언니는 그런 꿀이에게 "아들아, 촌스럽게 그러지 말자." 했다지만 나는 이 똑똑함을 어쩔 거냐며 한동안 고슴도치 이모의 면모를 뽐냈다.

꿀이가 하루가 다르게 크는 게 섭섭하고 아쉽기도 하지만 또 한편으로는 이 아이가 얼마나 멋진 아이로 자랄지 궁금하기도 하다. 엄마인 언니는 당연히 걱정도 되고 욕심나는 부분도 많아질 테지만, 나는 단지 꿀이가 사랑을 잘 주고받을 줄 아는 사람으로 자라났으면 좋겠다.

엄마, 아빠랑 이모들은 이미 너로 인해 많이 웃고 행복해하고 있단다! 우린 언제나 너의 옆에 있을 거야. 그러니 오래오래 공룡 이모 기억해 줄 거지?

잊지 않았으면 해서 남기는,
나에 대한 기록4

　가끔 그런 상상을 하곤 한다. 이렇게까지 덤벙대는 내가 큰 사고 한 번 나지 않고 지금까지 살아있는 데에는 분명 어떤 보이지 않는 힘이 개입되어 있다는 상상. 이를테면 이런 경우이다. 친구와 함께 좁은 골목길을 운전해 가고 있었다. 양옆으로 차가 쭉 늘어서 있고 가운데 길로 차 한 대가 겨우 지나가는 그런 골목길이었는데 친구가 갑자기 "와악!!" 소리를 질렀다. 종이 한 장도 아니고 반 장 차이로 겨우 옆 차의 사이드미러를 스쳐 지나갔다고 했다. 나는 충분히 여유를 두고 운전했다고 생각했기에 친구의 반응이 과장되게 보였으나 친구의 얼굴은 사색이 되어있었다. 하얗게 질린 표정을 보아하니 불과 10초 전에 사이드미러가

박살 날 뻔했다는 친구의 말에 동의하지 않을 수 없었다. 그때에도 그 보이지 않는 힘이란 것이 개입되어 있다고 생각했다. 그힘에 이름을 붙이자면 '수호천사' 정도로 부를 수 있을 것 같다. 손바닥만 한 크기에 뽀글머리를 한 나의 수호천사가 사고가 날뻔한 그 순간에 얼굴이 시뻘게지도록 파닥파닥거리며 사이드미러를 안쪽으로 밀어대는 모습을 상상하니 피식 웃음이 나왔다.

그렇게 한 끗 차이로 사고를 비껴간 일이 나에겐 꽤 있었다. 전기코드 선에 이틀에 한 번꼴로 발이 걸리는데도 넘어진 적 한번 없었고 물건이 아슬아슬하게 어딘가에 걸려있을 때 자주 잡는 편이라 바닥으로 와장창 떨어진 기억은 많지 않다. 옷에 커피가 한방울 튀었을 때도 "아…. 한 방울은 어떻게 막았는데 나머지 한방울은 제가 방심했네요." 하며 속상한 눈으로 나를 쳐다보는 수호천사를 상상하면 금세 기분이 사르르 풀리곤 한다. (귀여운 거 최고) 이런저런 일들이 있을 때마다 내 수호천사는 내 뒤를 졸졸 쫓아다니면서 이 일 막고 저 일 처리하느라 어지간히도 바쁘겠다고 생각하니 고맙고 짠한 마음이 들기도 한다. 다른 수호천사들이랑 같은 월급 받으면서 자기 혼자 이렇게 일이 많으면 진짜 때려치우고 싶을 것 같기도 하다. 내 유능한 수호천사가 다른 곳으로 이직해버리기 전에 그 친구를 도와 나 스스로를 더 잘 챙기고 돌봐야겠다. 이 글을 읽는 여러분도 여러분의 수호천사 잘 대해 주세요. 그 친구들 진짜 쥐꼬리만 한 월급 받으면서 열심히 일하고 있어요. 매일 옆에서 듣고 있으니 예쁜 말 많이 해주시고요!

생일이면 어김없이,
동생과의 기록2

언제부터였는지는 모르겠으나 동생과 나는 다른 건 몰라도 서로의 생일은 꼭 챙겼다. 내가 동생에게 받은 선물 중 가장 기억에 남는 생일선물은 고등학교 때 받은 선물이다. 내가 고등학생이고 동생이 중학생이던 시절, 학교에 있는데 갑자기 연달아 진동이 울렸다. 처음엔 전화가 오는 소리인 줄 알고 봤는데 문자였다. 한두 개가 아닌 열댓 개의 문자. 읽어보니 대부분 내용은 이랬다.

[누나! 저 OO이 친구인데요! 오늘 생일이라고 들었어요! 생일 축하해요!]

자기 친구들한테 부탁해 축하 문자를 보내주던 동생. 그렇게 귀여웠던 때가 있었더랬다. 생각해보면 한창 사춘기에 예민한 시기에 그런 깜찍한 이벤트를 생각하다니. 보통 애는 아니었던 것 같다.

성인이 되고 둘 다 직장을 갖게 되면서부터는 서로의 생일이 다가오면 선물을 사주는 자에게 굽신굽신하는 것이 으레 하는 놀이가 되었다. 예를 들면 이런 식이다.

[이번 주 금요일이 혹시 무슨 날인지 아시나요?]
[뭐 필요한 거 있나?]
[많은데 뭐부터 말할깝쇼?]
[젤 비싼 거부터 말해. 제외시키게.]
[아… 순간 설레버렸네.]

그렇게 뭘 사달라고 하면 비싸니 어쩌니, 사치를 하니, 네가 그걸 얼마나 입을 것 같니 하면서도 결국엔 사준다. 그냥, 생일만큼은 뭐든 다해주고 싶다. 나는 그런 마음인데, 너는 어떤 마음이려나.

어설픈 시라노 연애조작단,
S와의 기록

S오빠와 알고 지낸 지는 10년이 넘었는데 말할 때마다 늘 처음 이야기하는 것처럼 떠들게 되는 재밌는 에피소드가 있다.

대학 시절, 같은 강의를 듣는 사람 중 좋아하는 사람이 생겼다. 큰 키에 훈훈한 외모, 순박한 표정을 지닌 사람이었다. 우리 과 학생이 열두 명 정도 듣는 그 강의에 들어온 그 사람은 복수전공 때문에 참여한 유일한 타과생이었다. 그렇기 때문이었을까. 매번 강의가 시작할 때쯤 맞춰 들어와서는 끝나자마자 사라졌다.

그래서 말 몇 마디 걸어볼 기회가 없었다. 그렇게 한 달 넘게 속 앓이하고 있을 때쯤 친하게 지내던 S오빠가 그 사실을 알게 됐 다.(친구의 고민은 널리 나누는 고마운 동기들…) 혼자 매우 즐거워하며 몇 시간을 놀려대더니 갑자기 본인이 도와주겠다며 자기만 믿으 라고 했다. 평소 같았으면 혼자 외로워 죽는 한이 있더라도 괜찮 으니 제발 아무것도 하지 말고 가만히 있으라고 했겠지만, 그때 는 내가 뭐에 씌었는지 그 제안을 덥석 물고야 말았다.

  며칠 뒤 그 강의에서 단체로 체험활동을 가는 날이었다. 박물 관이었는지 미술관이었는지 기억나지 않지만, 전시를 관람하고 관련 레포트를 제출하는 과제가 주어졌었다. 뭘 봤는지도 사실 기억 나지 않는다. 유일하게 기억나는 장면은 나를 놀리려고 혈 안이 되어있는 몇몇 동기들과 S오빠가 얼굴 한가득 장난기를 머 금고 나를 쳐다보던 그 표정뿐이다. 그렇게 체험활동이 끝나고 교수님의 마지막 말씀을 끝으로 전체 해산을 하려는데 갑자기 S 오빠가 "우리 이렇게 강의실 밖에서 만난 것도 처음인데 오늘 시 간 괜찮은 사람들은 술이나 한잔하러 가자!"라고 했다. 눈치챈 동기들은 너무 좋다며 모여들었다. S오빠는 그 사람에게도 가서 함께 가자고 했고 어떻게 꼬셨는지 그 사람도 어물쩍 우리와 함 께 가게 되었다.

함께 도착한 곳은 학교 후문에 있는 술집이었는데 큰 테이블을 가운데 두고 삼면이 쇼파로 둘러싸인, 여러분이 흔히 아는 그런 일반적인 구조로 이루어진 곳이었다. 평소 같으면 우르르 들어가서 앉았을 텐데 그날따라 애들끼리 알 수 없는 표정을 주고받았다. 그러더니 S오빠가 갑자기 엄청 어색한 말투로 "자, A들어가고, B들어가고 그다음에 예슬이 들어가고, 그리고 OO씨 들어가시고…." 하는 게 아니겠는가. 아주 마이크 붙잡고 얘가 너 좋아한다는데 어떻게 생각하냐고 묻고 답까지 듣지 왜. 얼굴이 활화산처럼 불타올랐다. 이 자리가 끝나고 나면 내 저 인간을 반드시 가만두지 않으리라 다짐했다. 머리털을 뽑는 게 좋을까, 정강이를 차는 게 좋을까 한참을 고민했었던 것 같다. 그리고 나선 누가 봐도 이어주려는 의도가 다분한 게임이 한참 동안 진행됐다. 그 상황에서 눈치채지 못하는 사람이라면 그냥 사회생활하기를 포기해야 할 정도로 티가 아주 많이 났다. 나는 민망함을 온몸으로 견디며 '인내심'이라는 것에 대해 깊이 있게 고민했다. 그 자리가 끝나고 2차로 자리를 옮겼고 옮기는 동안 애들이 하나둘씩 빠지더니 도착하고 보니 남은 사람은 나와 그, S오빠를 포함하여 총 네 명뿐이었다. 그렇게 한 시간가량 지났나. S오빠와 그가 함께 화장실을 다녀오더니 급작스럽게 나와 그만 남겨지게 되었다. 모두 자리를 떠났고 그렇게 우리 둘만 남았다.

그날로 우리는 1일을 맞이하였다. 그로부터 3개월 후 우리는 여러 이유로 헤어졌지만, 아직도 좋은 추억으로 남아있다. 사실 그와 만나서 무슨 이야기를 나누었는지, 뭘 하며 시간을 보냈는지 잘 생각은 나지 않지만 나름대로 애절했던 짝사랑이 이루어 졌던 그 기쁨의 순간만큼은 내 마음에 오롯하게 남아있다. 동생 연애 한 번 시켜보겠다고 말도 안 되는 빈약한 연기력으로 할 수 있는 최선의 전폭적인 지원을 해준 S오빠의 마음과 시라노 연애 조작단 친구들. 떠올리면 미소가 지어지는 청춘의 시절이었다.

* 『시라노 연애조작단』 완벽하게 짜인 각본으로
의뢰인의 사랑을 이어주는 연애 에이전시에 관한 영화.

좋은 사람 있으면 소개시켜줘,
H와 B의 기록

나의 취미 중 하나는 소개팅 주선이다. 이상하게 들릴지 모르겠지만 사람과 사람을 이어주는 일이 너무 재미있다. 꼭 소개팅이 아니더라도 주변에서 누군가 무엇이 필요할 때면 주로 나를 찾는다. 그럼 나는 서로를 연결해주는 일을 하는데 그걸 통해서 서로 더 좋은 결과를 내고 좋은 시너지를 얻는 것을 보는 게 그렇게 뿌듯할 수가 없다. 소개팅도 같은 맥락이다. 나와 내 남자친구를 소개해준 언니는 무려 2년 동안 우리를 각각 설득했다. 관심 없다며, 아직은 아닌 것 같다며 거절하는 나와 그에게 '너희는 반드시 만날 수밖에 없는 조합'이라며 틈만 나면 만나볼 것을 권유했다. 그 말에 시나브로 길들여져 '아, 이건 나가야 하는 거구나.' 하는 생각이 들 무렵, 우리는 만나게 되었고 만날 수밖에 없는 조합이라는 말을 인정할 수밖에 없었다. 좋은 인연을 만난다는 것은 생활의 많은 부분이 바뀌는 일과도 같다. 정서적 안식처가 생기는 것과 동시에 서로의 인생을 가장 강력히 응원하는 팬이 생기는 것이기 때문에. 하여 이 좋은 것을 나만 경험할 수는 없단 생각에 내가 아끼는 사람들을 중심으로 소개팅 주선을 시작했다.

그리하여 연결된 커플이 여섯 커플이고 그중 세 커플은 결혼했다. 결혼할 때마다 자꾸 돈이 들어오고 선물이 들어온다. 이거 뭐 듀오를 차려야 하나 싶기도 하다. 몇 년이 지난 후 왜 이런 인간을 소개해줬냐며 컴플레인이 들어올지도 모를 일이나 아직은 서로에게 가장 든든한 안전망이 되어주는 것 같아 마음이 놓인다. HB커플은 이 중 결혼하지 않은 세 커플 중 하나이다. H는 같은 직장에서 일하는 동료이고 B는 거의 10년을 알아 온 친구이다. 친구가 좋은 짝을 만나 이제는 좀 덜 상처받고 듬뿍 사랑받고 살았으면 하는 마음에 눈에 불을 켜고 좋은 사람이 어디 없나 찾고 다니던 중, H가 눈에 띄었고 그때부터 몇 달간 유심히 지켜봤다. 약자를 대하는 태도는 어떤지, 스트레스 상황에서의 문제 해결방식은 어떤지, 직장 내 다른 동료들과의 관계는 어떤지, 안 좋은 습관 같은 것들은 없는지 등등 꼼꼼히 살폈다. 내가 잘 알지 못하는 사람을 막 붙이는 게 아닌 서로에게 좋은 영향을 미칠 수 있는 조합을 찾는 것이 내 매칭의 기준이다. 이렇게 말하니 진짜 무슨 결혼정보업체 대표 같네. 아무튼 이런 깐깐한 기준을 통과한 H는 B와의 만남을 통해 연인이 되었고 반년 넘게 잘 만나오고 있다.

출근하면 '요즘 인생이 낙이 없다, 재미없다' 하던 H는 거의 매분 매초 구름 위를 떠다니는 것처럼 웃고 있다. 난 딱히 궁금하지 않은데도 매일 여자친구와 뭘 했는지, 어딜 갔는지, 그녀가 얼마나 멋진 사람인지에 대해 알려주고 간다. 자기는 한 평생 이런 연애를 해 본 적이 없다고 이야기한다. 급기야는 매일이 더더욱 좋아지고 서로를 채워주는 느낌, 같이 성장해나가는 느낌이 든다고까지 한다. 각자의 몰랐던 모습을 알게 되고, 내 편이 있는 느낌을 알게 되는 것, 또한 중요한 가치를 잃지 않게 서로 기꺼이 돕는 것 모두 이 연애를 통해 경험하게 된 것이라 한다. 매일같이 B의 소식을 전해주는 H덕분에 오히려 친구인 B와 연락을 안 한 지 오래되었다. 가끔 올라오는 SNS의 소식을 보면 사진 찍는 걸

그닥 좋아하지 않았던 B는 어느새 무려 삼각대 앞에서 활짝 웃으며 서 있었고, 그렇게 좋아하던 노을을 자주 보여주는 누구 덕분에 노을과 가까운 삶을 살고 있었다. 생각했던 것보다 더 파묻힐 성도의 사랑을 받고 있는 것 같아 덩달아 나까지 행복해졌다.

누구에게나 영화 같던 순간은 있다,
L과의 기록

  인생에서 가장 영화 같은 순간이 언제였냐고 물으면 고민 없이 바로 대답할 수 있는 순간이 있다. 비엔나에서 있었던 일이다. 한바탕 비엔나 여행을 마치고 근교에 나가보고 싶어 '그린칭'이라는 곳에 함께 다녀올 동행을 구했다. 벨베데레 앞에서 만난 L은 베이지색 코트를 입은 키가 큰 남자였다. 첫인사를 하고 얼마 지나지 않아 우리는 마치 원래 알았던 사람처럼 편한 사이가 되었다. 너무 편한 나머지 끊임없이 이야기했고, 가끔 장난을 쳤다. 피아노 전공으로 그곳에서 유학 중이던 L은 트램을 타고 이동할 때마다 유리창 위에서 손을 까딱거렸고 나는 그 작은 움직임이 신기해 계속 쳐다봤다. 연습하는 내내 얼마나 많은 압박감과 공포에 시달리는지, 무대 위에서는 또 얼마나 많이 싸워내야 하는지 그는 겪고 있는 고통에 대해 담담하게 이야기했고 나는 고개를 끄덕이며 가만히 들었다.

가장 좋아하는 영화를 묻길래 '비포선라이즈'라고 답했더니 씨익 웃으며 L이 들고 있던 에코백을 보여줬다. 영화에 나오는 레코드 가게에서 산 굿즈였다. 나는 격하게 부러워했다. 그러곤 한참을 '그 영화와 같은 일이 실제로 가능한가?'라는 주제로 토론했다. 그러고선 여행지에서 쌓아 올린 몽롱한 감정은 무엇보다 부서지기 쉽다는 데에 우리 둘은 동의했다. 비엔나로 돌아와 작은 놀이공원인 프라터를 구경하고 슈테판 성당에서 오르간 연주를 들었다. 오페라하우스 야경을 함께 볼 땐 나는 왜 이 나라로 도망을 왔는지, 어떤 상처가 있었는지 조잘조잘 쏟아냈다. 이 밤이 지나면 누구보다 멀어질 관계니 '이 정도는 괜찮겠지' 했다. 헤어지며 오늘 너무 고마웠다고 전하니 L은 지루한 일상에 있었던 즐거운 일이었다며 조심히 가라고 했다. '지루한 일상에 있었던 즐거운 일.' 더할 나위 없이 적당한 문장이라 생각했다. 그렇게 우리는 해가 뜨기 전, 영화 속 한 장면을 손에 쥐고 일상으로 돌아갔다.

영원한 방랑자,
N과의 기록

나는 스스로 굉장히 자유로운 영혼이라고 생각한다. 이 생각에 내 가족과 친구 중 그 누구도 이의를 제기하지 않을 것이다. 이들로부터 '넌 어떻게 그런 생각을 하니?' 혹은 '너 또 언제 그런 결정을 했어!'와 같은 이야기들을 익숙하게 들으면서 살아왔으니 말이다. 평범함의 정의야 내리기 마련이겠지마는 나 또한 내가 평범한 삶을 살아왔다고 생각하진 않는다. 그러나 나의 이 자유로운 영혼 캐릭터가 붕괴되는 데까지는 그리 오랜 시간이 걸리지 않았다.

대학원을 졸업하고 스물여섯에 제주 두 달 살기를 하러 한 게스트하우스에 갔다. 거기서 스탭으로 일하면 무급인 대신 숙박비가 공짜였는데, 더 좋았던 건 하루 일하면 다음 날 하루는 놀러 다닐 수 있는 일정이었다. 이는 가난한 대학원 졸업자에게는 더할 나위 없이 좋은 기회였다. 도착해서 보니 남자 둘, 여자 한 명, 총 세 명의 스탭이 이미 그곳에서 일하고 있었다. 주로 하는 일이 여자 도미토리, 남자 도미토리 객실 청소였기 때문에 남자 한명, 여자 한 명이 한 팀이 되어 일한다고 했다. 그러니까 이 글은 나의 파트너였던 N에 관한 이야기이다.

N의 첫인상은 별로 좋지 않았다. 시원시원하게 잘생긴 외모에 수염을 기르고 있었으며 장발의 머리는 곱게 묶여 있었다. 팔에는 꽤 많은 문신이 자리하고 있었으며 얼굴은 무표정했고 목소리는 아주 낮았다. 상상되는가? 스트릿 매거진 표지에나 나올 것 같은 인물이 호칭도 없이! 나를 무어라고 부르지도 않으면서! "이건 이렇게 하시면 돼요. 저건 저렇게 하시면 되구요."하며 인수인계해 주는 모습이! 아주 많이, 아주 많이 불편했다. 책잡히지 않으려고 고장 난 몸을 바쁘게 움직여 댔다. 그러던 중 우연한 계기로 우리는 확 가까워졌고(말도 안 되지만 N은 우리 엄마 친구의 아들 친구였다. 이 좁은 세상!) 급격히 편해졌다. N이 편한 사람에게 보이는 태도는 상상 이상이었다. 그와 그러한 관계를 맺어보지

못한 사람은 절대 짐작할 수 없는 그런 것이라고 해야 할까. 아무튼 알고 보니 N은 매우 다정하고 따뜻했고 지적인 욕구를 채우는 것에 관심이 많았으며 말도 안 되게 예쁜 글씨체로 글을 쓰는, 자기 삶을 치열하게 고민하는 젊은이의 모습이었다. 그렇게 한참 재밌는 추억들을 많이 쌓을 무렵, 갑자기 내가 취업이 되는 바람에 계획했던 두 달을 채우지 못하고 나는 육지로 올라왔다. 입사 후 정신없는 신입 생활을 할 때도 N이 놀리듯 보내는 제주 사진에 한동안 참 많은 위로를 받았었다.

N이 육지로 올라온 후에도 우린 동네가 가까워 종종 보고는 했는데 어느 날 문득 N이 호주로 가는 워킹홀리데이를 신청했다며 연락해왔다. 몇 주 뒤면 떠난다는 소식에 너무 갑작스러웠지만 N이라면 충분히 할 수 있는 선택이라 생각해 얼마 안 되는 달러를 쥐여주고 잘 다녀오라 전했다. 밥이나 굶지 않고 다녔으면 하는 마음이었다. 역시나 N은 물 만난 물고기처럼 잘 지내고 있다는 연락이 왔다. 1년 뒤 돌아온 그는 확실히 더 넓은 세계를 담은 청년이 되어 있었다.

얼마 뒤 N은 또 느닷없이 덴마크에 있는 대안학교에 입학 허가를 받았다며 다녀오겠다는 소식을 전했다. 그곳은 다양한 국

적의 청년들을 학생으로 받아 각 나라의 문화를 이해하고 소통하는 등의 커리큘럼을 가진 학교였다. 이야기를 듣자 '기가 막히게 N과 어울리는 곳으로 가는구나.'라는 생각이 들었다. 떠나면서 N은 언제까지 사무실에 틀어박혀서 여생을 보낼 거냐며 내 마음을 재촉했다.

안 그래도 당시의 내 모습이 한창 마음에 들지 않던 차에 이상하게도 N의 말에 괜한 용기와 오기가 생겼다. 결국 나도 회사를 나와 기나긴 여행을 시작했다. 내가 여행을 마치고 들어왔을 때쯤 N도 학교를 마치고 귀국했고 우리는 아주 오랜만에 만나 그동안의 긴 여행담에 관해 이야기 나눴다. 좋은 것들도 자주 보니 질리더라는 이야기, 안정적인 생활을 구축하고 그 안에서 변화를 추구하는 것이 제일 이상적인 자극이 되는 게 아닐까 같은. 우리는 서로 질문을 던지고 세심하게 고민하고 답을 내놓고를 반복하며 밀린 이야기들을 왈칵 쏟아내는 대화를 즐겼고, N은 이를 '품격있는 대화'라 불렀다. 어쩐지 나는 그런 N의 말이 썩 마음에 들어 웃어 보였다.

당분간은 정착할 사람처럼 굴었던 N은 이듬해 요리를 배우겠다며 영국으로 떠났다. 그리고 재작년, 나는 N이 살아있는지, 살아있다면 도대체 이번엔 뭘 하고 있는지가 궁금해 잘 있냐며 안부 차 연락했고, 얼마 지나지 않아 N은 경복궁역을 지나는 3호선 지하철 모니터를 찍은 사진을 보내왔다. 내가 태어나서 '한국이니?'라는 질문을 가장 많이 한 친구는 단연코 N이지 않을까 싶다. N은 한국에 들어와 알 만한 사람들은 다 아는 꽤나 유명한 레스토랑에서 쉐프로 일하고 있었다. 도무지 종잡을 수 없는 아이다. 그러니 어찌 이 친구 앞에서 내가 자유로운 영혼이니, 뭐니 떠들어 댈 수 있겠는가.

최근엔 N의 생일에 생일 축하 메시지를 보냈더니 요즘엔 어디서 일하냐고 물어왔다. 그의 물음에 나는 같은 곳에서 일한 지 3년이 넘어가고 있고 아주 바람직하게 살고 있다며, 이제 일탈할 때가 온 것 같다고 답했다. 그랬더니 N은 3년이면 일곱 번은 일탈했어야 했다며 장난을 친다. 그러는 너는 왜 요즘 정착하며 살고 있냐고 하니 안 그래도 지금 원기옥 모으는 중이어서 곧 터뜨릴 예정이라고 답한다.

이제는 N도 나도 현실을 덮어놓고 무조건 어디로든 떠날 수 있는 처지가 아니라는 것을 너무나 잘 알고 있다. 감당해야 할 반복되는 생활과 경제적인 여건들, 그리고 매여있는 관계들이 우리 앞에 놓여있다. 오로지 본능에 따르는 선택을 하는 것이 이제 쉽지는 않겠지만 그런 무모한 선택을 경험해봤던 20대의 기억이 있기에 아쉽지 않다. 한편으론 그런 기억을 가진 우리라 참 다행이란 생각이 든다. 언젠가 N이 불쑥 나타나 이번엔 또 어디로 가겠다고 이야기하면 난 또 부러움에 한쪽 눈을 흘기겠지만 온 마음을 다해 그의 여정을 응원할 것이다. 어디에 있든 건강히 무사히 돌아오길 바라면서.

"누나, 거기서 일한 지 얼마나 됐죠?"

"3년 좀 넘었지. 너무 바람직하게 살고 있어.

이제 일탈할 때가 온 거 같다야."

"3년이면 일곱 번은 했어야죠. 칠전팔기 느낌으로다가."

"아니, 그러는 너는 왜 이렇게 정착했냐."

"저는 지금 원기옥 모으는 중이라 안 그래도 곧 터뜨릴 거라서요."

"웃긴다니까 진짜. 왜 우린 서로 아주 못 떠나서 안달인 거야."

영원한 방랑자, N과의 기록

뭘 해도 될 거야,
H와의 기록

　군에서 상담했던 병사 중에 H라는 청년이 있었다. H는 그가 속한 부대에서 자격증의 신으로 이름 날리던 병사였다. 입대 후 전역까지 내가 들은 H가 취득한 자격증이 다섯 개가 넘으니 모르긴 몰라도 아마 그 이상은 가지고 있지 않을까 싶다. 다른 병사들이 핸드폰 하며 뒹굴뒹굴하거나, 풋살을 하거나, 모여서 떠들고 놀 때도 그 친구는 어김없이 독서실에서 공부했다. 부서에서의 업무처리 능력도 단연 뛰어났고 그를 좋아하고 따르는 친구들도 많았다.

　H가 상담을 요청하여 나눈 이야기는 크게 특별한 것 없는 이야

기였다. 전역 후 바로 취업할 예정인데 A회사가 좋을지 B회사가 좋을지, 그리고 면접을 볼 때 팁 같은 것이 있는지 뭐 그런 내용이었다. 심리상담사인 나는 물론, 진로를 주제로 하는 상담을 진행하기도 하지만 직업상담사는 아니기 때문에 그들이 알고 있는 것만큼의 정보를 주는 데는 한계가 있다. 하지만 마침 당시 친한 후배가 공기업 면접을 준비하고 있었고 그 과정에 대해 자세히 들었던 기억이 있어 그걸 통해 내가 아는 한 최대한 많은 정보를 전해 주었고, 그 밖에 더 많은 정보는 어떤 루트를 통해 알아봐야 하는지 자세히 안내해주었다. 그 후로 그 병사는 전역 때까지 한두 번 더 상담을 신청하였는데 그때마다 어떤 필기에 합격했네, 어떤 실기에 합격했네 하는 소식을 들고 왔다. 그때 내가 무슨 말을 해주었는지 자세히 기억이 나진 않지만 유일하게 기억에 남는 부분이 있다. H병장이 어떤 자격증을 몇 개 가지고 있으므로 더 대단한 사람이 되는 건 아니라는 것. 어려운 환경 속에서도 멈추지 않고 꾸준히 도전하고 나아가는 삶의 태도가 대단한 것이라는 이야기였다. 그 이야기를 들은 H가 쑥스러운 듯 배시시 웃으며 "네. 알겠습니다." 하던 모습이 생생해 기억하는 장면이다.

그가 전역하고 나서 딱 세 번 문자가 왔었다. 첫 번째 문자는 그냥 안부 차 연락드렸다면서 인생 첫 기사 시험 1차에 합격했다는 소식이 담긴 문자였다. 그냥 알려드리고 싶었다고 했다. 두 번째 문자는 전역한 지 다섯 달이 넘었고 군 생활하면서 상담받았던 것이 큰 도움이 되었다며 현재는 대기업 문을 열어보고자 노력하고 있다는 내용이었다. 그것과 함께 모 대기업 서류전형 합격통지를 받은 사진을 함께 보냈다. 그리고 대망의 마지막 문자는 모 회사에 운 좋게 취업하게 되었다는 소식이었다. (알아보니 그쪽 업계에서는 굉장히 유명한 회사였다)

내 아들도 아닌데 어찌나 장하고 기특하던지. 결국에는 해냈구나 싶어 대견했다. 그리고 그 기쁜 소식을 나에게까지 나누어준 마음이 정말 고맙고 예뻤다. 그 마지막 문자를 보고 한참을 생각했다. 내가 뭐라고 나를 기억할까. H는 상담 시간에 꼭 좋은 곳에 취직하겠다고 했던 당찬 포부를 밝혔던 것을 결국엔 지켰노라 알리고 싶었던 것일까, 아니면 누군가가 지켜보고 있다고 생각하며 꾸준히 힘을 내고 싶었던 것일까. 그것도 아니면 그냥 자랑이 하고 싶었던 것일 수도. 묻지 않을 테니 영원히 알 리야 없겠지만, H가 어디에서 무엇을 하든 끝까지 응원해 주고 싶은 마음이다.

언제나 웃게 만드는,
S와의 기록

막내 고모네와는 어렸을 때부터 워낙 가까이 살아서 자주 왕래하며 지내곤 했다. 사촌들과도 나이 차이가 거의 나지 않아 유독 더 친했다. 그러나 20대가 되었을 무렵부터는 여느 친척관계가 그렇듯 명절에나 겨우 만나는, 가족들끼리 식사 자리가 있어야 한두 번 더 보는 사이가 되었다. 그러다 첫째 언니가 결혼하고 난 후부터는 그마저도 제대로 하지 못하게 되었다. 여기서는 그 집의 둘째인 S에 관해 이야기하려 한다. S는 성격도 좋고 유머러스한 면도 있지만 무엇보다 밝고 따뜻한 에너지를 가진 사람이다. 우리 엄마는 그런 S를 참 속이 깊고 지혜로운 아이라고도 했다. 사회복지를 전공한 그 친구는 전공을 살려 자살 예방을 돕는 기

관에 취직해 몇 년간 근무하다 퇴사하였다. 짐작건대 가장 최전
방에서 타인의 생과 사를 보는 직업이니 간접적으로든, 직접적
으로든 마음에 상처가 남는 일이 많았으리라 생각한다.

퇴사 후 S는 충전하는 시간을 가지면서 공기업 시험을 준비한
다고 전해 들었다. 그 후로 한참을 우리는 서로 사는 것이 바빠
보지 못한 채 지냈다. 그러던 중 문득 S생각이 나서 안부를 묻고
싶었는데 모든 연락이 부담이었던 내 취준생 시절이 떠올라 망
설여졌다. 그래도 응원하는 마음은 전해야겠기에 치킨 기프티콘
과 함께 짧은 멘트도 적었다.

[여자친구랑 나눠 먹어. 고생한다. 쉬엄쉬엄해.]

그랬더니 얼마 지나지 않아 S로부터 답장이 왔다.

[고마워. 잘 먹을게 누나. 근데 나 쉬엄쉬엄하고 있어. 걱정 안
해도 돼. 애초에 실컷 좀 쉬면서 천천히 준비하려고 했던 거라 그
렇게 힘들지도 않아.]

걱정하여 보낸 마음을 오히려 잘 달래 돌려보낸 S의 답장을 보

니, 이 친구 참 단단해졌구나 싶었다. 일을 그만두고 공부하고 있는 상황에서 초조한 마음이 안 들 수가 없을 텐데 마음을 잘 다듬고 있는 것 같아 안심되었고 '역시나 뭘 해도 하겠구나.' 하는 생각에 마음이 놓였다.

최근 S가 취직했다는 소식을 들었다. S에 대한 이야기를 알고 있던 우리집 온 가족이 내 일처럼 기뻐했다. 정작 S는 합격 소식에 어떤 생각을 했을지, 어떤 마음이었을지 모르나 참 많은 감정이 오갔을 거라 생각한다. 그러나 다 제치고 오로지 기쁨을 충실히 만끽했으면 한다. S는 변화를 만들어 냈고, 천천히 걸었고, 의미 있는 성취를 해낸 사람이라는 것을 차근히 곱씹으며 말이다.

함부로 대하는 것을 허락하지 않는,
C와의 기록

어느 날, 문득 C생각이 났다. 2년 후배인 C는 살다가 문득 잘 지내고 있나 궁금하게 만드는 사람이다. 하여, C에게 전화를 걸었다.

"여보세요?"

"C야!!"

"아이고 언니!! 안 그래도 제가 오늘 연락하려고 했는데!!"

"거짓말하지 마!"

"아니에요. 언니 진짜로! 저 이직했거든요. 오늘 새 직장 첫 출근 날이에요!"

이런 식이다. C에게 무슨 일이 생겼거나 혹은 나에게 어떤 변화가 생겼을 때 희한하게 우리는 연락이 닿곤 한다. 이번에도 역시나 그녀에게 무슨 일이 생겼나 보다. 그렇게 우리는 급하게 약속을 잡았다.

C는 전 회사를 1년 꼬박 맞춰 채우고 다른 회사로 옮겼다고 했다. 회사를 옮긴 이유에 대해서 긴 이야기는 하지 않았고, 단지 본인이 있을 자리가 아닌 것 같다고 했다. 짧게 들은 이야기론 전 회사에서는 아무도 C의 역할을 인정해주지 않았고, 선 넘는 발언들을 일삼았다고 했다. 또한, C가 하는 일은 조직을 유지해나가는 데 크게 중요한 일이 아니라며, 가볍게 짐작하며 엑스트라 취급을 했다고 했다.

"언니. 그렇게 무례한 대접을 받고 제가 거기 더 있을 이유가 없잖아요."

짐짓 씩씩하게 말했지만 씁쓸했다. 그렇게 풀이 죽어있는 모습을 보니 마음이 아팠다. C는 어디 가서 미운털 박힐만한 행동을 할 아이가 아니기 때문이다. 똑똑하고 성실하며 사려 깊고 사랑스러운, 게다가 맡은 일은 어떻게든 해내는 그런 열정을 가진 아이라는 것을 십 년이 넘게 지켜봐 왔기에 C의 상황이 안타깝기만

했다. 체계가 없고 높은 실적을 요구해서 웬만한 사람들은 오래 버티지 못하는 전전 직장에서도 4년을 버틴 C가 오죽했으면 제 발로 나왔을까 싶은 마음이 들었다. 가끔은 내가 불합리한 일을 겪는 것보다 아끼는 후배가 이런 벽에 부딪히는 게 더 속상하게 느껴질 때가 있다. 지금까지 단 한 번도 C는 "저 자존감이 떨어졌어요."라고 말한 적 없었기에 더 마음이 안 좋았는지도 모른다.

그러나 한편으로는 C가 기특하기도 했다. C는 사람들이 자존감을 갉아먹는 걸 그대로 내버려 두지 않았으며 무례한 대접을 받지 않을 권리를 정확히 알고 있었기 때문이다. 또한 뒷일 생각하지 않고 무작정 회사를 뛰쳐나온 것이 아니라 능력을 키워 더 좋은 대우를 해주는 곳을 찾았고, 그 과정에서 스스로를 지키기 위해 애써왔다는 사실이 대견했고 멋있었다. 두 살 차이지만 마냥 어리게만 봤던 C가 언제 이렇게 컸나 싶은 생각이 들기도 했다.

그런 C에게 해주고 싶은 말이 참 많았지만 나는 그저 "잘했다." 라고 말했다. C가 어떤 선택을 했든 나는 그 선택을 지지해주는 한 사람으로 남고 싶었기에. C의 다음 스텝을 기대하고 응원하려 한다.

언제나, 언제나 행복하길,
C와의 기록

내가 출판사와 계약하고 책을 출간하게 될 것 같다는 소식을 전했을 때 '좋은 소식 전해줘서 고맙다. 고맙단 말을 안 한 것 같아서. 덕분에 기쁜 저녁이다.'라는 메시지를 보낸 사람이 있었다. C언니는 참으로 사려 깊고 다정한 사람이다. 한 번씩 이렇게 깊은 감동을 준다.

언니 하면 떠오르는 강렬한 에피소드가 하나 있다. 예전 청소년 상담 기관에서 함께 일했을 때 우리는 전화로 걸려 오는 여러 가지 상담 전화를 응대하는 일도 함께하고 있었다. 그날 언니가 2시쯤 받은 전화는 자살하겠다는 한 청소년의 전화였다. 자칫 잘

못해서 호흡을 맞추지 못하거나 흐름을 따라가지 못하고 실수를 하게 되면 한 생명이 그대로 사라지는 상황이었다. 그 전화는 무려 세 시간이나 이어졌다. 세 시간 동안 얼굴, 표정도 짐작할 수 없는 채로 목소리에만 온갖 집중을 기울여야 한다는 것은 상상하는 것보다 훨씬 더 고통스럽고 진이 빠지는 일이다. 그렇게까지 오래 이어지는 통화는 언니도 나도 처음 겪는 일이었다. 또한 사무실을 두 팀이 함께 쓰는 터라 지나가는 다른 선생님들과 팀장님들 모두가 듣고 있는 상황에서 그 전화를 감당해내는 것은 실로 엄청난 부담이 되는 일이었다. 통화하는 내내 우리 팀 팀장님과 팀원들은 포스트잇에 메모를 적어 긴밀하게 소통했고 경찰과의 협조를 통해 위치를 파악해 사건을 정리할 수 있었다. 결론부터 말하자면 그건 일종의 장난 전화였다. 더 정확히 말하면 그는 자살 의도가 전혀 없는 곳에서 발견되었다. 그러나 그것과는 별개로 언니는 정말 용감했다. 언니라고 왜 무섭지 않았겠는가?

C언니는 지금 본업과 함께 오랫동안 꿈꾸던 일을 병행하고 있다. 그 꿈과 관련된 이야기는 개인적인 이야기라 다 남기진 못하지만, 언니가 새로운 꿈을 준비하고 펼칠 때까지 크고 작은 많은 일이 있었다. 그럼에도 언니는 또 일어났고, 다시 용감했다. 일어나서 꿈꾸던 그 일을 다시 손에 잡았을 땐 참 반짝반짝 빛이 났

다. 가장 성실하게 꿈을 좇는 사람. 나는 언니가 언제나, 언제나 행복했으면 좋겠다.

"좋은 소식 전해줘서 고맙다. 고맙단 말을 안 한 것 같아서.

덕분에 기쁜 저녁이다."

"언니. 내가 고맙지, 왜 언니가 고맙냐."

"예슬아. 고생했어. 네가 쓴 글들 읽으며 우리 예슬이가

이런 생각을 했구나, 이런 마음들을 느꼈구나, 좋은 사람들과

사랑을 주고받으며 생생하게 살았구나, 그런 생각이 들었어.

남은 페이지 쓸 때, 마무리해야 한다는 생각이나 부담감으로

작업하기보다는 네가 그간 표현한 사랑으로 인해서 다른 사람들이

얼마나 큰 기쁨을 느꼈는지를 자주 떠올리면 좋겠어.

나는 네가 그런 보람을 느꼈으면 해."

언제나, 언제나 행복하길, C와의 기록

아름다운 젊은 날,
엄마와의 기록2

올봄 엄마와 내가 꼭 챙겨봤던 TV 프로그램이 있다. 바로 『뜨거운씽어즈』이다. 이 프로그램은 김영옥, 나문희 배우 등 여러 시니어 배우들이 함께 모여 합창 연습을 하고 무대에 오를 공연을 준비하는 프로그램이다. 노래를 매우 잘하시는 분들도 있지만 대부분은 노래가 좋아서 모인 분들이다. 따라서 기술적으로 어마어마한 무대를 보여주진 않지만 매회 좋아하는 노래를 배우 특유의 감정을 담아서 내어 보이는 순간이 엄청난 감동을 준다. 어느 날은 전체 단원 중 여성 배우들이 중창단을 이루어 〈댄싱 퀸〉을 부르는 무대가 꾸며졌다. 〈댄싱 퀸〉은 맘마미아라는 영화의 삽입곡으로 익숙한 노래이다. 40대부터 80대까지의 넓은 나이 폭을 가진 배우들이 복고풍의 옷을 입고 춤을 추며 노래를 부르는데 모두 소녀 같았다. 무대 뒤편 스크린에는 그녀들의 젊고 앳된 모습들이 지나갔다. 매우 신나는 무대였음에도 한편으로는 계속 울컥 눈물이 났다. 돌아갈 수 없다는 걸 알기에 더 아름다운 애틋함이었다.

그 무대를 보고 나서 엄마가 "엄마 고등학교 때 사진 한번 볼래?"라고 했다. 열댓 명의 사람들이 모여있는 그 사진 속에 나와 닮은 소녀가 서 있었다. 내 엄마에게 그런 시절이 있었다는 걸 사진으로 직접 보고도 낯선 기분이 들었다. 그런데 눈에 띄는 점이 하나 있었다. 사진 속 사람들은 전부 사복 차림인데 엄마만 혼자 교복을 입고 있었다. 왜 엄마만 교복을 입고 있냐고 물으니 "그때는 집이 정말 너무 가난해서 사복이 한 개도 없었어."라고 했다. 속상했다. 그러던 중 몇 년째 엄마랑 투닥거리고 있는 일이 떠올랐다. 옷장에 옷 좀 계속 쌓아놓지 말고 안 입는 옷은 버리라는 엄마를 향한 나의 잔소리였다. 그 기억이 떠오른 순간 마음이 날카로운 종이에 깊이 베인 듯 쓰라렸다. 가난했던 엄마의 어린 시절이야 어쩔 수 없었다 쳐도 딸이 되어가지고는 엄마 마음을 전혀 모르고 있었다는 게, 심지어 알려고 하지도 않았다는 사실이 더 아팠다. 이렇게 나는 또 나쁜 딸이 되었다.

　엄마는 내가 어렸을 때부터 교육열이 대단하던 사람이었다. 독서 논술, 미술, 수학, 영어, 피아노, 발레, 가야금, 역사, 구연동화까지 안 배워본 것이 없을 정도였다. 그 당시 나만큼 많은 교육을 받은 것도 친구 중에서는 유일했다. 물론 내가 공부에는 큰 뜻이 없었기에 생각만큼 엄청난 아웃풋이 나오지는 않았지만, 덕분에 어떤 영역의 세계를 마주하든 유연하게 대처하는 자세를 배울 수 있게 되었다. 직접적인 지식을 획득했다기보다 철학적인 시선을 갖추게 된 게 더 큰 재산이라고 생각한다. 또한 대학교 2학년 때, 우리 집 형편이 그리 여유 있지 않았을 때도 젊을 때 큰 세상으로 나가서 시야를 넓히고 오라며 빚을 내어 유럽 여행을 보내준 엄마였다. 남들이 들으면 없는 형편에 미쳤다고 했을 것이다. 당장 나 같아도 빚을 내서 여행을 간다는 사실을 알았으면 절대 나서지 못했을 테니 말이다. 엄마는 적은 돈을 쓸 때는 망설이면서 큰돈을 쓸 때는 과감한 결정을 내리는 희한한 소비패턴을 가진 손이 큰 사람이다. 그 여행 또한 그곳에서 직접적으로 뭔가를 보고 느낀 것보다, 내가 그런 먼 곳을 다녀오는 여정을 스스로 해낸 사람이라는 것에서 오는 자신감과 성취감이 가장 크게 남았다. 살면서 중요한 우선순위는 무엇이며 나는 세상에 어떤 기여를 하면서 살아야 할 것인가 등의 가치관을 정립해보는 시간이 나를 더 성장시켰다.

　이렇듯 나를 꽤 괜찮은 인간으로 만들기 위해 고군분투하며 보낸 엄마의 젊은 날을 마주할 때마다 마음이 찌르르하다. 나쁜 딸이 된 것만 같은 기분에 자책감이 든다는 걸 알게 되면 필히 엄마가 더 마음 아파할 것이라는 걸 알기에 그런 것들은 내려놓고 조금 더 많은 것을 헤아릴 줄 아는 다정한 딸이 되기 위해 노력해야겠다고 다짐해 본다.

　한 시간 전, 엄마에게 연락이 왔다. 쌀국수를 주문했으니 보내준 계좌로 입금해달라고 한다. 음, 6만 5천 원을 입금해야 하는구나. 도대체 쌀국수를 뭘로 만들었길래 이 가격인지 일단 그것부터 좀 헤아려봐야겠다.

맛있는 거 주면 좋은 사람,
Y이모와의 기록

나의 일터에서 함께 일하는 식당 조리원 이모님은 참 재밌는 캐릭터이다. 기본적으로 목소리가 크고 쩌렁쩌렁해서 늘 화가 나 있는 것처럼 보이고 실제로도 화를 자주 내는 편이다. 그러면서도 식당에서 함께 일하는 병사들이 어떤 것 때문에 힘들어하는지에 대해 관심이 많고 걱정도 많이 한다. 실제로 그 친구들의 이야기를 듣는 데 시간을 많이 쓰기도 한다. 누군가 이모의 음식솜씨를 칭찬하면 "에이, 아니야."라며 손사래를 치지만 뒤돌아서면 언제 그랬느냐는 듯 "식사 시간만 되면 사람들이 맛있다고 꼭 인사를 하고 가긴 하더라고?" 하며 웃어 보이곤 한다.

이모와 있었던 일 중 가장 기억에 남는 일이 하나 있다. 바로, 내 생일 날의 기억이다. 나는 식당에서 밥을 먹지 않고 주로 도시락을 싸 와서 사무실에서 혼자 간단하게 먹는 편인데 그날따라 이모가 휴게실에서 같이 먹자며 나를 불렀다. 휴게실에 가보니 인스턴트 미역국이 올려져 있었다. 내 카톡에 뜬 생일을 보고 이모가 준비해 준 특식이었다. 가족과 연인이 아닌 누군가에게서 받아본 첫 미역국이었다. 너무나 감동이어서 아직도 종종 이모에게 그 이야기를 한다. 그러면 이모는 또 쑥스러워하며 그 이야기가 채 끝나기도 전에 주섬주섬 다른 주전부리를 건네준다. 우리 민족은 늘 먹을 것에 진심인 민족이고 특히나 나는 음식에는 애정 어린 마음이 들어간다고 생각하는 사람이기 때문에 이런 것들을 쉽사리 거절하지 못한다.

그중에서도 사소한 주전부리를 건네는 건 호감을 표현하는 가장 작은 단위의 행위인 것 같다. 어릴 때 친해지고 싶었던 친구에게 주었던 사탕 한 개, 점심도 거르고 일한 동료가 안타까워 책상 위에 살포시 올려두었던 단백질 바와 커피 한 잔, 더운 한 여름날 TV를 고쳐주러 오신 A/S 기사님께 건넨 시원한 차 한 잔 같은 것들이 세상을 좀 더 다정하게 만든다고 생각한다. '이 사람 나한테 고마워하는구나.', '이 사람 나 걱정하는구나.'와 같은 감정들이 조그마한 간식으로 몽땅 표현된다는 게 새삼 참 귀여운 것 같다. 그런 의미로 나 역시 주머니 속에 각종 주전부리를 두둑하게 챙겨본다. 오늘은 누구에게 이 마음을 전해 볼까.

비상 연락망,
K와의 기록

작년 내 생일날, 치킨 기프트콘과 함께 이런 메시지가 왔다.

[생일 축하한다. 예전에 치킨 먹는다고 전화 끊으려 했던 네가 생각나서~ 더 많이 먹으라고 준비했어^^]

참 K오빠 답다고 생각했다. K오빠는 내게 확신을 주는 사람이다. 전화를 걸면 끊기 전까지 무조건 세 번은 웃게 해준다는 확신. 오빠가 일부러 웃기기 위해서 과장하며 어떤 개그를 하는 것이 아닌데도 "여보세요."하는 순간부터 웃다. 서로 오늘은 어떤 장난을 쳐볼까 하며 드릉드릉 시동을 건다. 아주 오래전부터 서로 서류 같은 것에 싸인하진 않았으나 합법적으로 모든 말장난을 받아들이는 것에 동의한 것처럼 말이다. 아주 힘든 날을 보낸 어떤 날에도 K오빠와 말 몇 마디 주고받으면 그 일이 별 게 아닌 게 된다. 예를 들어 누구보다 선한 마음으로 일을 돕다가 문제가 생겼을 때 내 탓으로 돌아왔던 상황 같은 것을 설명하며 "이게 말이 돼?"하면 K오빠는 이렇게 말한다. "네 잘못이네. 그니까 뭐 하러 사람을 도와 돕기는. 확 다 망쳐놓지는 못할망정." 그러면 나는 또 "그러게. 내가 등신이지 아주." 하는데, 그러고 나면 순식간에 그 일이 아주 가벼운 일이 되어버린다.

오빠를 통해 '적절한 수준의 유머'에 대해 많이 배웠다. '적절한 수준의 유머'에 대해 풀어 써보자면 다음과 같다. 첫째, 절대 선을 넘지 않는다. 상대에게 타격을 줄 수 있을 것 같은 주제는 건들지 않으며 그 장난을 장난인 채로 받을 수 있을 것 같은 상대에게만 장난을 친다. 또한 전달 과정에서 조금이라도 오해가 생길 것 같으면 그 의미가 정확히 어떤 의미였는지 나중에라도 꼭 정정한다. 둘째, 자신도 기꺼이 먹잇감이 된다. 다른 사람에게만 농담을 걸고 장난을 치는 것이 아니라 언제든 자신도 그 대상이 된다. 그래서 사람들이 더 편안하게 느끼는 것 같다.

오빠는 본인이 가지고 있는 열등감을 딱히 감추려 하지 않고 오픈하는 편인데 2년 후배인 나에게도 그런 이야기를 아무렇지 않게 하는 것을 보고는 새삼 놀랍기도 했고 한편으로는 감탄하기도 했다. 그때 그런 생각을 했던 것 같다. '자신의 부족한 부분을 다른 사람 앞에 내보일 줄 아는 사람이 단단한 사람이구나.' 하는 생각. 그렇다. 오빠는 그 열등감을 발판 삼아 항상 더 나은 곳으로 향하는 사람이다. 그래서 본인은 항상 "이게 부족하네, 저게 없네." 하며 스스로를 별 볼 일 없는 사람인 것처럼 말하지만, K 오빠가 결코 가벼운 사람이 아니라는 것은 그를 아는 사람이라면 다들 잘 알고 있다.

가끔 퇴근길에 전화해서 서로 자기 할 말만 주구장창 신나게 떠들어 대다가 어느 한 쪽이 먼저 집에 도착하면 어김없이 하는 멘트가 있다. "어. 그래. 그럼 그렇게 하고…." 전혀 그 말이 나올 타이밍이 아닌데도 무조건 그 말을 한다. 그러면 반대쪽에서는 "야, 집 도착했나 보지? 너 내가 오늘만 순순히 끊어준다." 한다. 더 웃긴 건 전화를 거는 그 순간부터 먼저 끊는 사람이 하는 멘트를 가지려고 눈치싸움을 한다는 것이다. 이건 우리의 오래된 장난이다. 그와 주고받던 농담이 너무나 사소하고 일상적이어서 크게 의식하지 못하며 살았는데 이렇게 글로 남겨놓고 보니 또 느낌이 다르다. 감정적으로 매우 불안정한 상황에 놓일 때 두 번 생각할 필요도 없이 전화를 걸 비상 연락망이 있다는 건 꽤나 축복받은 일이구나 싶어서.

오빠. 앞으론 치킨 왔다고 끊으라고 안 할게.
조금 더 상냥한 톤을 가져볼게.
물론 그걸 더 싫어하겠지만.

모리와 함께한 화요일,
Q와의 기록

한 회기의 상담을 함께한 병사가 있었다. 상담 종결 후 오다가다 가끔 마주치던 어느 날, Q는 재밌게 읽은 책이라며 『모리와 함께한 화요일』을 내게 건넸다. 빌려 가도 좋다고 했다. 본인이 해보고 좋았던 경험을 나누려는 행동이 너무 예뻐서 고맙게 받아왔다. 그리고 정성스럽게 읽었다. 우연히 접하게 되었지만, 그 책을 통해 나 또한 배운 것이 많았고 큰 감동을 받았다. 책을 다시 돌려주면서 덕분에 나 또한 좋은 경험을 했다는 마음을 전달하고 싶어 몇 자 꾹꾹 눌러 담아 쓴 포스트잇을 책 안쪽에 붙여 놓았다.

죽음을 코앞에 두면 삶은 더 드라마틱해지는 것 같아요. 아이러니하죠. 나를 포함한 대부분 사람이 오늘이 마지막 날인 것처럼 살아보자는 다짐을 수없이 하지만 결국 그렇게 살기 어려운 건, 스스로 되뇐 그 말을 믿지 않기 때문 아닐까요. 당연히 내일은 있겠거니, 하면서요. 좀 더 겸손해야겠단 생각이 드네요. 요즘엔 중요한 것과 중요하지 않은 것을 분별해 내는 것에 많은 관심을 두고 있어요. 빌려준 책 덕분에 더욱더 현재의 삶과 시간에 집중해야겠다는 생각이 들어요. 봄이 가기 전에 꽃을 보는 것, 햇볕을 쬐는 것, 사랑하는 사람들의 이야기를 듣는 것, 앞에 보이는 사람을 돕는 것. 이런 본질에 충실한 가벼운 삶이요! 좋은 가치를 보여줘서 고마워요. 오늘 하루도 잘 보내봅시다.

나의 메모가 그 친구에게 앞으로도 좋은 사람들과 좋은 것들을 많이 나누면서 살기 위한 연료로 쓰였으면 했다. 책을 돌려주고 그로부터 몇 주 뒤, 그 포스트잇은 그 친구가 쓰는 책상 위의 모니터 밑에서 발견되었다. 스카치테이프를 동서남북에 투박하게 두른 채로. 웃음이 났다. 흐뭇했다. 무슨 생각으로 저걸 저기에 붙였는지는 모르겠으나 테이프 네 개를 뜯어 모니터 밑에 붙일 만큼의 의미는 두었다고 생각하니 독후감 쓰길 퍽 잘했구나 싶었다.

* 『모리와 함께한 화요일』은 루게릭병을 앓으며 죽음을 앞둔 교수 모리와 그의 제자 미치가 매주 화요일마다 함께 만나 인생에 관해 이야기하는 책이다.

나의 프랑스어 선생님,
C와의 기록

    유럽 여행을 떠나기 두 달 전쯤, 어떻게 하면 이 여행이 더 의미 있을까 고민하다가 새로운 언어를 배워보자는 야심 찬 목표를 세웠다. 그리곤 어떤 언어를 배워볼까 생각하다 프랑스어를 배워보기로 했다. 고등학교 때 제2외국어로 잠깐 접했기에 익숙하기도 했고 그냥 다른 걸 다 떠나서 '프랑스에 가서 불어(비록 기초회화이지만)로 이야기하면 얼마나 멋있을까.' 하는 생각이 들었으므로. 사실 이 부분이 프랑스어를 배우기로 결심한 가장 큰 이유이기도 하다. 그렇게 한 어플을 통해 선생님을 만나게 되었는데 그 선생님이 C이다. C는 중학교 때부터 프랑스에서 유학 생활을 했고 미술사와 예술경영을 전공으로 그곳에서 대학을 졸업한 후 국방의 의무를 다하기 위해 한국에 돌아왔다고 했다. 시니컬하고 직설적인 그의 말투가 처음엔 좀 거슬리기도 했으나 자주 볼수록 오히려 그러한 점이 C의 독특한 캐릭터가 되었다. 그런 솔직함이 오히려 더 편한 분위기를 만들기도 했다.

하루는 '행복한(heureux)'이라는 단어를 배우는 날이었는데 불어를 공부해본 사람은 알겠지만, 이 발음이 정말 보통 어려운 게 아니다. C를 따라 백 번 정도 발음했는데도 잘 안되자 C는 "아, 이거 안 되겠는데?"라고 혼잣말했고 나는 "포기하면 안 돼요. 쌤. 힘내요."라며 그를 격려했다. 그렇게 한 달 정도를 배웠을 때 C가 말했다.

"예슬, 기본회화는 어떻게든 배워서 대충 말할 수 있다고 치자. 근데 상대가 대답하고 막 대화를 이어 나가려고 하면 그땐 어떡할 거야?"

그때 깨달았다. "내가 화장실이 어디예요?"하고 물어도 상대가 "아, 이 근처에는 없고 여기서 5분 정도 직진하다가 좌회전하면 큰 시계탑이 있는 건물 1층에 카페가 있는데, 그 건물 화장실을 쓰면 돼."라고 대답하면 나는 죽어도 알아들을 수 없겠구나. 내가 몇 문장을 말한다고 해서 대화가 되는 게 아니라는 사실을 깨달은 후부터는 마음을 비우고 C에게 그냥 샹송이나 하나 가르쳐달라고 했다. C는 나를 불어 우등생으로 만들 마음이 애초에 눈곱만큼도 없었기에 그 제안을 쿨하게 받아들였다.

그렇게 수업 마지막 날, 그는 프랑스 생활 중 조심해야 할 것과 가볼 만한 식당 같은 것들을 알려주었다. 이제는 더 이상 사제 간이 아니기에 나이 차이가 몇 살 나긴 하지만 우리는 그냥 친구처럼 지내기로 했다. 그렇게 C와 여행 중에도 종종 연락을 주고받았다. 그는 보이스톡으로 본인의 연애가 어쩌구저쩌구 하는 고민을 털어놓았고 나는 쓸데없는 얘기하지 말고 맛집이나 알려달라는 등의 이야기를 주로 주고받았다.

그렇게 몇 년이 지난 후, 그는 본인의 갤러리를 오픈했다. 알아온 세월 동안 종종 철없는 소리를 하기도 하고, 있는 집 도련님 같은 대책 없는 행실을 보이던 그가 갤러리를 오픈한다고 했을 때 사실 한편으로는 잘 할 수 있을까 걱정이 되기도 했다. 그런데 막상 그곳에 가보니 C의 새로운 모습을 발견할 수 있었다. 작가의 섭외, 그림의 배치 및 연결성, 포스터의 퀄리티와 안내문의 멘트까지 밤을 새우고 공을 들인 흔적이 갤러리 곳곳에 가득했다. 세상 제일가는 한량인 줄 알았던 사람이 본인의 일에는 이렇게 프로답고 열정적이구나 싶어 새삼 놀라기도 했다. 그의 안내를 받으며 전시를 보다가 "근데 나 그림 보는 건 좀 어렵더라. 어떻게 봐야 할지도 모르겠고, 사람들이 막 대단하다고 하는 것도 좋은 건지, 안 좋은 건지 잘 몰라서 어려워."라고 말하니 C가 이렇게 답했다. "어려울 게 뭐 있어. 네가 보고 좋고 마음에 들면 좋은 그림이고 네가 감흥이 없으면 별로인 거지 뭐. 그냥 있는 그대로 보면 돼. 분석하고 어쩌고 공부하는 게 아니잖아." 무려 미술사와 예술경영을 전공한 사람이 이렇게 말해주니 정말 그래도 된다는 허락을 받은 것 같았다. 나를 둘러싸고 있던 틀 하나가 깨끗이 무너졌다. 조금 더 자유로워진 기분이었다.

예전에는 평론가들이 극찬하거나 많은 사람이 놀라워하는 작품을 볼 때 내가 그들과 비슷한 감정을 느끼지 못하거나 이해하지 못하는 상황이 불편했다. 그래서 표현하지 않았다. 내가 그정도의 '수준'을 이해하지 못하는 사람이 되는 게 싫었던 게 아닐까 싶다. 그림도, 영화도, 책에 대해서도 이제는 호불호를 표현하는 게 불편하지 않다. 다른 사람들이 아무리 열광하는 작품도 내 마음에 와서 남지 않으면 난 잘 모르겠다고 이야기할 수 있다.

예술을 좀 더 풍성하게 즐기는 방법이야 분명 존재하겠지만 그럼에도 불구하고 결코 정답이 있는 시험은 아니라는 사실을 받아들이고 나서는 내 생각을 표현하는 것이 어렵지 않아졌다. 대신 관람객, 혹은 독자의 평가까지도 그 작품의 연장선이란 말을 더 좋아한다. 조금 더 두껍고 단단한 취향이 생겼다. 좀 더 나다운 내가 된 것 같다.

요즘도 가끔 갤러리에 놀러 가서 작품을 보다가 C에게 "이건 뭘 말하는지 잘 모르겠다. 난 이런 색 우울한 느낌이 들어서 좀 그래."와 같은 말을 하면 C는, "아니야, 무슨 소리야. 네가 잘 몰라서 그러는데 이거 좋은 그림이야. 그러니까 하나 사."하며 장난을 치곤 한다. 예술은 삶을 더 풍부하게 만들어 주는 중요한 장치라고 생각한다. 그가 아니었으면 아직도 쭈뼛대고 주눅 들어 있었을 나를 C는 틀에서 꺼내 풍부하게 채워주었다. 불어를 가르치기를 포기한 나의 선생님은 그렇게 나에게 한층 더 자유로운 삶을 선물했다.

청춘은 반복되는 오류의 패턴,
Z와의 기록

군에 있다 보면 온갖 다양한 주제들로 상담에 오는 병사들이 많은데 그중 상당한 부분을 차지하는 것이 진로상담이다. 특히나 전역을 앞둔 병장들은 사회로 돌아갈 날을 앞두고 고민이 많아진다. 학교로 돌아간다면 잘 적응할 수 있을지, 지금 다니고 있는 학과가 나와 맞지 않는 것 같은데 어떻게 하면 좋을지, 다른 걸 해보고 싶은데 부모님이 허락하실지, 좋아하는 것도 없고 잘하는 것도 없는데 나가서 뭘 해 먹고 살아야 할지 등등의 고민이다. 이런 종류의 고민을 들고 오는 병사들은 마치 짜기라도 한 듯이 하나 같이 똑같은 멘트를 하곤 한다.

"너무 늦은 건 아닐까 싶기도 해요. 제가 벌써 2N살인데….”

바로 이 멘트다. 이 글을 보고 있는 분 중 일부는 이 말에 '참 귀여운 고민이다.'라고 생각할 수도 있겠지만 그들에게는 정말 진지하고 무거운 고민이다. 인생의 절반이 끝난 것 같은 표정으로 앉아있는 친구들도 많으니 말이다.

Z는 좀 다른 케이스였다. 가정형편이 너무 어려워 어렸을 때부터 본인이 뭘 좋아하고 잘하는지 따위의 생각을 단 한 번도 해본 적이 없고 당장 할 수 있는 것, 해야 하는 것을 하며 살아왔다. 그러다 고등학교 때부터 일을 시작했는데 버는 족족 집에 가져다 밑 빠진 독에 물을 부어 채우는 하루하루를 살다 입대한 친구. 그런 Z가 처음 상담을 신청한 이유는 우울 및 불안 등의 정서적 어려움 때문이었다. 그 친구와는 1년 가까이 상담을 진행했다. 여러모로 안정을 찾고 자아의 힘이 생기고 나서는 Z역시 전역 후의 삶을 준비해야 했다. 아무것도 준비하지 않은 채로 전역했다가는 다시 힘들었던 상태로 돌아갈 것이 뻔했다. 긴 이야기 끝에 Z는 당장 눈앞에 놓인 문제들을 처리하는 데 급급한 삶을 계속해서 유지한다면 이 불행에서 벗어나지 못할 것이라는 결론에 이르렀다며 대학에 가봐야겠다는 목표를 세웠다. 그때부터 적당한 학

교와 학과를 찾고 전형에 맞는 서류를 준비하고 지원하는 등 전 과정을 옆에서 함께 준비하며 지켜보았다. 전역을 한 달여 남겨 둔 시점에 지원한 곳으로부터 합격통지를 받았고 Z는 등록금을 지원받으며 대학에 입학하였다.

그 후로 몇 해가 흘렀고 지금은 어떻게 지내고 있는지 알 길이 없지만, 가끔 생각난다. 너무 갑작스레 바뀐 환경 탓에 주눅 들어 있지는 않은지, 열심히 해보려는 그 아이의 사기를 꺾는 장애물을 만난 건 아닌지 걱정이 되기도 한다. 그렇지만 언제나 잊지 않았으면 하는 건, Z는 마음만 먹으면 새로운 환경을 만들어 낼 수 있는 사람이라는 사실. 그거 하나만은 꼭 기억했으면 한다. 어려운 상황 속에서도 도전하고 성취했던 경험이 그의 인생 곳곳에 자양분이 되었다면 더 바랄 게 없겠다.

『알쓸범잡』이라는 TV 프로그램에서 물리학 박사인 김상욱이 DNA에 관해 설명하며 이런 말을 한 적이 있다. DNA를 구성하는 많은 부분 중 쓸모없는 부분에는 수많은 오류가 있는데 그 반복되는 오류의 패턴이 곧 한 사람을 나타내는 고유번호가 되며, 그 숫자들이 결국 그 사람을 나타내는 것이라고 설명했다. 그 말을 들으며 나는 그 '오류'라는 것이 도전하고, 실패하고, 좌절하고, 방황하며, 또 일어나서 다시 나아가는 일련의 수많은 경험의 합이고, 그 경험들이 결국 한 인간을 설명하는 것이 아닐까 싶었다. 진로를 고민하며 찾아오는 병사들에게 말해주고 싶다. 죽을 때까지 우리는 수많은 오류를 범하며 살아가게 될 테니, 지금은 오류를 범하기에 너무 늦은 나이가 결코 아니라는 것을 말이다.

네 줄의 편지,
S와의 기록

예슬.

당당히 너를 사랑하길.

너를 사랑하는 게 무엇인지 치열하게 고민하기를.

꽃처럼 고운 네가 다음 해에도 활짝 피길.

-어느 생일날 받았고, 볼 때마다 이상하게 용기가 생기는 편지

부록 -

받은 것들에 대한 짧은 인터뷰

*

"엄마는 지금까지 받았던 선물 중에 제일 좋았던 게 뭐야?"

"네 동생 취업 소식.

네가 첫째니까 먼저 취업했고,

이제 너희 동생 직장 구하는 게

엄마 인생 마지막 과업 같은 거였는데

그 소식을 들으니까 아, 이제 다 했구나.

그런 생각이 들더라고.

이제 내가 할 일을 다 끝냈다.

그런 느낌? 정말 너무너무 기뻤어."

마음에 짐도 많고 정도 많은 우리 엄마

*

"언니, 지금까지 받았던 선물 중에 제일 기억 남는 게 뭐야?"

"여권.

나 스물네 살 땐가.

그때까지 한 번도 해외여행을 가 본 적이 없거든?

그래서 그 이야기를 친구한테 했더니

네 인생의 첫 여행을 선물해 주고 싶다면서

여권 10년짜리를 만들어줬어.

여권 만드는 돈을 내줬지. 평생 그런 선물은 처음이었어."

외강내유, 걸바속촉 B

*

a day for me ....

"너 인생에서 가장 마음에 남는 선물 하나를 골라보라면

뭘 고를 거야?"

"음…. 달력.

친구가 직접 손수 만들어준 달력.

그 해가 우리 떡심이 무지개다리 건넌 그 다음 해였는데

그 해에 친구 아들이 태어났거든.

달력에 떡심이 와 조카가 함께 그려져 있었는데

그게 너무… 좋았어."

선한 오지라퍼 월드챔피언 A

*

a day for me ....   *check*

"네가 지금까지 받았던 것 중에 제일 좋았던 게 뭐야?"

"나를 그려준 그림.

정성이 들어간 거니까.

그거 그리는 동안에 계속 내 생각 했을 거 아냐."

열정과 나태사이 그 어딘가 H

*

a day for me ....

"오빠,

살면서 받았던 모든 선물 중에 가장 기억에 남는 게 뭐예요?"

"학용품 세트.

부모님이 나 크리스마스 선물로 준 거야.

내가 산타가 난 선물 왜 안 주느냐고 징징댔었거든.

그전까지는 나 선물을 받아본 적이 없었어.

근데 부모님이 그 말이 마음에 걸렸는지

크리스마스 날 나 자고 있을 때 머리맡에 두고 가셨더라구.

포장도 이쁘게 해서."

전국 노래자랑 인기상에 빛나고 싶은 김가네 A

*

"언니,

살면서 받았던 모든 선물 중에 가장 기억에 남는 게 뭐예요?"

"남자친구가 차려준 내 생일상.

누군가가 나를 위해서 방을 차려준다는 거.

쉬운 일 아니잖아.

너무 좋았어. 그런 건 처음 받아보는 거라."

사랑스러운 건강 전도사 H

*

a day for me ....

"네가 지금까지 살면서 받았던 모든 것 중에

가장 마음에 남는 건 뭐야?"

"내가 진짜 엄청 힘든 날이 있었는데

그 이야기를 했을 때 걔가 그걸 듣고 울더라고.

지금까지 쭉 내 인생은 나 혼자였는데

그때 내 옆에도 누가 있구나 싶었어.

위로가 되더라고."

현실적인 낭만주의자 Y

*

a day for me ....

" 오빠,

지금까지 살면서 받았던 모든 선물 중에 가장 마음에 남는 건 뭐야?"

" 음, 듣자마자 딱 생각나는 건 치즈케이크 기프트콘.

그때 내가 편입 준비할때라 혼자 서울에서 공부하면서 지냈거든.

여러 가지로 마음도 많이 힘들었는데

내가 먹고 싶다고 했던 거 기억했다가 보내준 거 보니까

그게 참 별거 아닌데도 위로가 되더라고?"

급속 에너지 충전이 필요할때, 인간 링겔 S

*

a day for me ....

"언니가 살면서 받았던 모든 것 중에

가장 기억에 남는 건 뭐예요? 물건이든, 아니든."

"딱 생각나는 장면이 있어. 유럽 여행할 때였는데

마을에 있는 작은 예배당에서 하는 콘서트를 보러 가게 됐어.

예배당을 구경하던 인파들이 콘서트 시간이 다 돼서 빠져나가고

친구와 나는 그 사이로 인파를 헤치며 그곳으로 입장하던 장면,

연주가 시작되고 처음 듣는 너무나도 따뜻하고 아름다운 음악,

예배당 뒤쪽에 빛을 한껏 머금은 스테인드글라스.

내 인생을 하나의 앨범이라고 했을 때

이 앨범에 이렇게 아름다운 한 조각이 생겼구나.

그런 생각이 들었어."

프로 감탄러 S

*

a day for me ....

"네가 지금까지 살면서 받았던 모든 것 중에

가장 기억에 남는 선물이 뭐야?"

"결혼식 전에 친구들이 만들어 준 영상 편지.

영상 편집하는데 시간과 정성이 엄청 필요하다는 거

너무 잘 알고 있는데 날 위해서 그 정도의 정성을 들인 게

너무 고맙기도 했고 그 내용 자체가 너무 감동적이었어."

작지만 두 배 강한 K

그래서 좋은 사람을 기록합니다

초판 1쇄 발행	2022년 11월 3일
초판 1쇄 인쇄	2022년 11월 3일

지은이	김예슬

펴낸이	이장우
편집	송세아 안소라
디자인	theambitious factory
마케팅	시절인연
제작	김소은
관리	김한다 한주연
인쇄	아레스트

펴낸곳	도서출판 꿈공장플러스
출판등록	제 406-2017-000160호
주소	서울시 성북구 보국문로 16가길 43-20 꿈공장 1층

이메일	ceo@dreambooks.kr
홈페이지	www.dreambooks.kr
인스타그램	@dreambooks.ceo

전화번호	02-6012-2734
팩스	031-624-4527

ISBN	979-11-92134-25-3
정가	14,000원